마음이
머무는
페이지를
만났습니다

마음이
머무는
페이지를
만났습니다

어른들을 위한 그림책 심리코칭

김은미 지음

꼼지락

그림책에서 나를 만나다

어느 날, 감당하기 어려운 마음의 쓰나미를 만났다. 죽을 듯이 힘들었지만 어디서부터 무엇이 잘못되었는지 알 길이 없었다. 나는 그저 순간순간 최선을 다하며 열심히 살아왔을 뿐인데….

'나는 최선을 다했어. 그럼 어떻게 살았어야 하는데?'

답답함을 견디지 못해 누구도 답을 줄 수 없다는 것을 알면서도 세상을 향해 소리쳐 묻고 또 물었다.

그러던 어느 날 그림책 속에서 나를 만났다. 감당할 수 없는 외로움을 견디며 울고 있는 아이, 잔뜩 화가 난 얼굴로 세상에 불만을 표현하는 아이, 자존감에 상처를 입고 스스로 쓸모없는 사람이라 자책하며 슬퍼하는 아이, 무엇 하나 잘하는 것이 없다는 생각에 이럴 거면 차라리 사라지는 게 낫겠다고 생각하는 아이, 부끄러움과 수치심을 감추기 위해 타인의 눈치를 보며 사는 아이, 복수심에 불타 자신의 삶을 살지 못하는 아이, 이렇게 수많은 아이들과 만나면서 나는 잊었던 혹은 잊기를 바라며 봉인해두었던 지난 시절과 만날 수 있었다.

사람은 누구나 성장 과정 속에서 부모와 가족, 선생님과 친구들에게 받은 크고 작은 상처를 간직하고 산다. 그 상처는 어른이 된 이후 삶의 에너지가 고갈되었을 때, 가장 가까운 사람에게 표출된다. 지난 시간, 가장 믿었던 사람들과의 관계에서 신뢰가 깨어짐으로 인해 받은 상처는 분노와 슬픔으로 우리 안에 간직된다. 대체로 살아내기 위해 얼려버리거나 영원히 기억하지 않겠다는 마음으로 감춰버리지만 은폐된 감정은 언제 어떤 방식으로든지 나타나기 마련이다.

그림책은 어른이 되어 굳어진 감성을 깨우며, 아주 짧은 시간에 읽는 사람을 과거의 어느 시점으로 데리고 간다. 나이를 불문하고 모든 세대가 공감할 수 있는 그림과 이야기는 가만히 펼쳐보는 것만으로도 마음을 편안하게 해준다.

《마음이 머무는 페이지를 만났습니다》는 그림책을 마음치유의 도구로 활용할 수 있도록 안내하기 위해 쓴 책이다. 그림책은 특별한 심리학·철학 지식을 가지지 않더라도 누구나 쉽게 읽는 것만으로도 마음에 위로가 된다. 각자의 마음이 느끼는 그대로의 떨림에 반응하며, 어느 정도 무방비 상태로 읽는 것이 더욱 진실한 나와 만날 수 있는 지름길이다.

그림책을 읽다 보면 삶의 주인공이 되어 다시 세상을 살아갈 용기를 갖게 된다. 지나온 시간과 경험을 직면하게 하고 그 안에서 놀라운 선물 또한 발견하게 해준다. 오랜 시간 동안 해결할 수 없는 문제라고 생각했던 일을 새로운 관점으로 바라보게 되고, 그간의 경험이 차곡차곡 쌓여 지금의 나를 만들었다는 것에 감사하며 온전히 수용하게 된다.

'아, 그랬구나'라는 통찰은 과거와 다른 새로운 삶으로 이끄는 시작이 된다. 머리가 아닌 가슴으로 사는 삶, 지식이 아닌 지혜로 사는 삶, 세상이 중요하다고 강요하는 것을 좇는 삶이 아닌 자기 내면의 울림을 따라 사는 삶, 눈에 보이는 것만 따라가는 삶이 아닌 보이지 않는 가치에 집중하는 삶을 살아갈 수 있게 한다. 그림책은 그 길을 안내하는 가장 좋은 도구이다.

나는 지금 여기에서 무엇을 하고 있는 걸까?

나는 왜 지금 이렇게 살게 되었을까? 그 책임은 누구에게 있을까?

내가 싫어하는 나를 어떻게 수용하고 온전히 사랑할 수 있을까?

이런 나라도 세상에 도움이 되는 걸까?

나는 도대체 무엇을 원하는 걸까?

나는 어디로 어떻게 가야 할까?

정말 행복하려면 어떻게 살아야 할까?

선택할 수 없다고 느꼈던 문제 앞에서 어떤 선택을 할 수 있을까?

이제는 다르게 살고 싶은데 어떻게 하면 좋을까?

좋아하는 일만 하고 살아도 괜찮을까?

죽기 전까지 지켜야 하는 가치가 있다면 무엇일까?

산다는 건 수많은 질문과 마주하게 되는 일이다. 나는 그에 대한 답을 그림책에서 발견할 수 있었다.

이 책에 소개한 스물다섯 권의 그림책은 대부분 아이와 함께 읽었던 것이며, 삶의 문제를 풀어나갈 때 다시 책장을 펼쳐 도움을 받은 책들이다. 그리고 이후 내가 진행했던 프로그램인 '그림책 읽는 어른 : 토닥토닥 나를 만나다'에 참여한 분들에게도 전해져 깊은 통찰을 경험할 수 있게 해준 고마운 책들이다. 독자들에게도 동일한 효과가 있기를 바라며 실제 모임에서 활용한 '마음에게 하는 질문'을 함께 담았다.

수록한 그림책은 편의상 하나의 주제를 정해서 글을 썼지만 실제로 그림책을 읽을 때는 이 책에서 소개한 주제를 무시하고 볼 것을 권한다. 왜냐하면 나 역시 한 권의 그림책을 그때그때 참여자들에 따라 다양한 주제로 풀고 있기 때문이다. 예를 들어 《강아지똥》은 자존감이라는 주제로 풀 때도 있고, 행복이라는 주제로 풀기도 하지만 존재·삶의 방식·용기·자기수용·변화·감정 등 수많은 주제가 담겨 있다.

읽을 때마다 마음에 느껴지는 그대로를 따라가는 것이 최고의 그림책 독서법이다. 질문도 마찬가지다. 각 장마다 자기를 돌아보고 앞으로 나아갈 수 있는 내용을 수록했으나, 가장 좋은 질문은 책을 읽은 그 순간 마음에 떠오른 질문이다. 지금까지 책을 읽던 방식을 버리고, 지금 눈에 보이는 것을 있는 그대로 보고, 지금 마음에 느껴지는 것을 느끼고, 지금 표현하고 싶은 정서를 표현하면 그것으로 좋다. 이렇게 읽어야만 비로소 자기 삶에 필요한 지혜를 스스로 얻는 통찰을 경험할 수 있다.

한 권의 그림책을 읽고 난 후 별도의 노트에 각 질문에 대한 답을 글로 적거나 사람들과 함께 나눠본다면 지난날의 나를 수용하고, 지금 여기 좀 더 온전한 어른이 된 나, 보다 자유롭고 창조적인 나를 만날 수 있게 될 것이다. 내가 그랬고, 함께했던 이들이 그랬던 것처럼, 당신에게도 그럴 것이라 기대해본다.

당신의 삶이 변화하고 성장하기를
그래서 좀 더 자유롭고 행복하기를 소망하며.

김은미

차례

1장

나를
발견하는
페이지

2장

나를
응원하는
페이지

3장

내가
꿈꾸는
페이지

나를
발견하는
페이지

'나'를 온전히 수용할 수 있을 때
나와 다른 사람들과 그들의 다른 점도
괜찮다는 것을
머리가 아닌 마음으로 알게 된다.
괜찮다, 다 괜찮다.

《줄무늬가 생겼어요》

데이빗 섀논 글·그림 | 조세현 옮김 | 비룡소

다른 이가 자신을 어떻게 생각할지가 걱정이 돼, 문자 메시지 하나를 보낼 때도 몇 번을 지우고 다시 쓰고를 반복하는 사람이 있다. 자기의 마음을 솔직하게 표현하는 것이 불편하고 두렵기 때문이다. 지나치게 타인을 의식하다 보니 말 한마디, 행동 하나도 긴장되고 경직돼 뭔지 모를 거리감이 느껴진다.

다른 사람의 시선과 평가를 지나치게 신경 쓴 나머지 이상한 모습으로 변해버린 한 소녀의 이야기가 있다. 미국의 그림책 작가 데이빗 섀논의《줄무늬가 생겼어요》에는 아욱콩을 정말 좋아하지만 절대로 먹지 않는 소녀 카밀라가 나온다. 카밀라가 아욱콩을 먹지 않는 이유는 친구들 모두 아욱콩을 싫어하기 때문이다.

새 학기가 시작되고 학교에 가는 첫날, 카밀라는 친구들에게 잘 보이고 싶은 마음에 옷을 마흔두 번이나 갈아입지만 그 어떤 옷도 마음에 들지 않는다. 자기 마음에 드는 옷이 아닌 친구들에게 칭찬과 인정을 받는 옷을 고르고 있었기에, 옷을 입어보는 횟수가 늘어갈수록 기분이 나빠졌다. 카밀라는 다른 사람이 자신을 어떻게 생각하는지가 가장 중요했기에 아욱콩을 좋아한다는 것도 말할 수 없고, 여러 벌의 옷을 갈아입는 불편함도 감수할 수밖에 없었다.

그러나 지나치게 억눌린 욕구는 언제든 이상한 모양으로, 감당할 수 없는 행동으로 터져 나오기 마련이다. 친구들을 신경 쓰며 과도하게 옷을 갈아입은 날 아침, 카밀라는 온몸에 무지갯빛 줄무늬가 생기는 병에 걸린다. 그런데 이런 순간에도 카밀라는 자신의 상태보다 이를 바라볼 친구의 시선을 먼저 생각한다.

카밀라의 부모님은 딸의 변화에 어찌할 줄 몰라 전문가라는 전문가는 다 불러 치료를 시도한다. 그러나 카밀라는 이후로도 학교에서 친구들이 말하는 대로 줄무늬에서 물방울무늬가 되었다가 바둑판무늬가 되었다 수도 없이 변한다. 카밀라의 병을 치료해주겠다는 유명한 심리학자, 알레르기 치료사, 약초학자와 영양학자, 무당과 늙은 주술사와 힌두교의 승려,

수의사까지 들이닥쳤고 그때마다 카밀라의 모습은 그들이 말하는 대로 변한다. 몸에서 뿌리와 꼬리가 나오고, 곰팡이가 피어오르고, 점점 더 심각하게 변해간다. 그러던 어느 날 환경치료사가 찾아와 이렇게 말한다.

"자, 눈을 감고 숨을 크게 쉬렴. 그리고 이제 네 방이랑 하나가 되는 거야."

이윽고 카밀라는 자기 방과 하나가 되어 벽에 걸린 그림 두 점은 눈이 되고, 서랍장은 코가, 침대는 입이 된다. 카밀라의 상태가 점점 나빠지자 엄마는 큰 소리로 울기 시작한다.

시종일관 딸의 변화에 이성적으로 대처하며 카밀라의 마음을 묻기보다 전문가들의 도움을 받는 것에만 집중하던 엄마가 큰 소리로 울기 시작한 것이다. 바로 그때 상냥해 보이는 평범한 할머니가 찾아와서 도울 수 있을 것 같다고 한다. 아마도 이 할머니가 처음부터 찾아왔다면 카밀라를 치료할 기회조차 얻지 못했을 것이다.

할머니의 치료는 바로 아욱콩을 먹이는 것이었다. 그러나 카밀라는 이렇게 끔찍한 변화를 경험하고 있으면서도 자기가 아욱콩을 좋아한다는 그 말 한마디를 하는 것이 두려워 강한 부정으로 답한다. 할머니가 슬픈 얼굴로 돌아서려고 할 때서야 카밀라는 용기를 내 아욱콩을 좋아한다고 말하며 맛있게 먹는다. 그리고 원래의 카밀라로 되돌아온다.

카밀라는 이제 예전 같지 않았다. 어떤 아이들은 카밀라가 이상해졌다고 했지만 그는 조금도 신경 쓰지 않았다. 언제든 자기가 좋아하는 아욱콩을 먹었다. 끔찍한 줄무늬병을 앓으면서 자신의 욕구를 명확하게 표현하고 말하는 것이 얼마나 중요한지 깨달은 것이다. 다른 사람의 시선에 맞추기보다는 자기 자신을 그대로 수용하고 사랑하는 것이 얼마나 중요한지 알게 되었다.

나 역시 다른 사람에게 보여지는 나만 신경 쓰던 때가 있다. 내가 사는 동네와 가정 형편이 부끄러웠다. 나는 스스로를 온전히 사랑하지 못했다. 왜 나는 세상의 기준에 미치지 못하는 조건을 타고났을까 절망했다. 어린 내가 극복할 수 없는 문제들이었기에 더더욱 깊은 수치심으로 자리 잡게 되었다. 그래서 스스로 부족한 사람, 중요하지 않은 사람이라는 생각을 하게 되었다.

내면에 그런 생각이 자리 잡고 있다 보니 마음을 편하게 나눌 수 있는 깊은 인간관계를 갖는 것이 어렵게 느껴졌다. 나를 감추기 위해 열심히 노력하고 남에게 보이는 모습만 중시하며 살았다. 이렇게 경직된 마음, 높은 마음의 울타리를 가지면 남이 모를 것 같지만, 자기만 모를 뿐 주변에서는 다 안다.

《줄무늬가 생겼어요》를 읽으며 얼마나 울었는지 모른다. 나는 몰랐지만 아주 오랜 시간 내 몸에 그려져 있었을 줄무늬를 생각했다. 그 무늬는 사람들의 말에 따라 반응했다. 그들에게 인정받기 위해 물방울무늬가 됐다가 바둑판무늬가 됐다가 천사가 되었다가 괴물이 되었다가를 반복했다. 거기엔 오직 타인의 기대와 요구에 반응하는 나만 있었다.

'나'를 수용한다는 것은 나의 모든 것, 나를 둘러싼 세계, 내가 한 모든 행동, 내가 하지 않고 외면한 것들까지 다 인정하고 받아들이는 것이다. 그러나 카밀라는 다른 사람의 시선 때문에 '나'를 수용하지 않았다. 이렇게 자신을 받아들이기 어려워하는 사람들에게 나는 종종 이런 질문을 한다.

"여기가 아무도 살지 않는 무인도라도 그것이 문제가 될까요?"

사람들이 수치스럽게 생각하는 것은 대부분 타인이 없을 때는 아무 문제가 아닌 것들이다. 그것이 문제로 바뀌는 순간은, 우리가 자신보다 타인의 시선과 판단을 중심에 놓고 살아갈 때다. 누구나 진정 삶의 주인으로 살고자 한다면 모든 선택과 결정의 중심에 내가 있어야 한다. 다른 사람의 시선과 판단을 몰아내고 나를 바라볼 때, 나의 모든 것은 다 괜찮다는 것을 더욱 깊이 알 수 있다. 자기를 온전히 수용한 사람만이 나와 다른 사람들도, 그들의 모든 것도, 다 괜찮다는 것을 머리가 아닌 마음으로 알게 된다.

'나'의 모든 것은 다 괜찮다.

마음에게 하는 질문

- 누구에게도 말할 수 없는 나만의 비밀(혹은 수치심을 불러일으키는 어떤 것)이 있나요?

- 그 비밀은 현재 나의 삶에 어떤 영향을 미치고 있나요? 아니면 어떤 결과를 만들었나요?

- 계속 그것을 비밀로 간직한다면 앞으로 어떤 일을 경험하게 될까요?

- 이번 그림책 이야기를 통해 어떤 마음이 올라왔나요?

건강하고 좋은 관계는 서로를 위해
'컴컴하고 축축하고 미끈거리고 으스스한'
삶의 터널을 기꺼이 통과하며,
서로의 마음 깊은 곳을 안아주고,
또 온전히 안길 수 있는 용기를 가질 때 찾아온다.

《터널》
앤서니 브라운 글·그림 | 장미란 옮김 | 논장

안아주고 안길 수 있는
사람이 될 용기

나이가 들수록 나무에게서 많은 것을 배운다. 오늘도 집 앞 공원을 산책하며 나무 한 그루 한 그루를 바라본다. 자기 자리를 지키고 서서 10년, 20년… 100년, 200년… 그 이상의 세월을 이기고 견디며 한 자리를 지키고 있는 모습에 경외심이 든다. 철 따라 보여주는 변화에 미소가 지어지기도 하고, 안타까움과 감동이 일기도 한다.

좋은 관계란, 두 그루의 나무가 서로 바라보고 서 있는 것과 같다. 나무는 일정한 간격을 두고 서 있다. 그들은 서로를 바라보고 있지만 자기만의 공간을 가지고 그 안에서 평화롭다. 그러나 겉으로 드러난 모습을 잠시 접어두고 그들이 뿌리 내린 땅속을 생각해보자. 깊고 넓은 곳까지 뿌리를 내리며 서로를 꼭 붙잡고 서 있기에 그들은 비바람 속에서도 안전하다.

　나무처럼 서로의 공간과 경계를 인정하면서도 정서적으로 연결되어 마음을 주고받을 수 있는 사이가 바로 건강하고 좋은 관계다. 내가 위로가 필요한 순간 기꺼이 안길 수 있고, 상대에게 도움이 필요할 때 기꺼이 두 팔을 벌려 안아줄 수 있다면 얼마나 좋을까. 사람들이 관계 안에서 바라는 것이 있다면 바로 이런 모습일 것이다.

　그림책의 거장으로 불리는 앤서니 브라운의 《터널》은 티격태격하던 오누이가 서로를 안아주고 안기며 특별한 관계로 성장하는 이야기다. 나는 이 이야기를 통해 비단 형제자매 관계뿐 아니라, 부부 혹은 부모와 자녀, 그 밖의 사회적인 관계에서도 갈등을 풀고, 보다 깊은 내면에서 서로 연결된 온전한 관계로 성장하는 데 필요한 것이 무엇인지 알 수 있었다.

　비슷한 데가 하나도 없는 오빠와 여동생은 모든 게 딴판이었기에 언제나 얼굴만 마주치면 티격태격 다툰다. 어느 날 아침, 엄마는 보다 못해 화를 내며 점심때까지 둘이 나가서 놀다 오라고 말한다.

　오빠는 축구공을 들고 동생은 그림책 한 권을 가지고 밖으로 나온다. 둘은 쓰레기장에 도착했는데 동생은 이곳이 무섭기만 하다. 그러나 오빠는 아랑곳하지 않으며 혼자 여기저기 살피러 다닌다. 그러다가 호기심을 자극하는 터널을 발견하고 들어가 보자고 말한다.

동생은 그곳이 무서워 보였기에 오빠의 제안을 단번에 거절한다. 마음이 상한 오빠는 동생이 어린애처럼 징징거린다며 비웃다가 혼자 터널 속 깊은 곳으로 들어가 버린다.

나는 이 터널이 서로의 감정을 정직하게 내놓지 못하고 비난하고 비웃는 오빠와 동생 사이에 놓인 단절을 의미하는 듯 느껴졌다. 어떤 관계에서도 이와 같은 단절은 나타날 수 있다. 오랜 시간 노력해도 좋아질 기미는 보이지 않고, 엇나가기만 하는 감정을 지속적으로 경험하다 보면 터널 속으로 들어가 버리고 싶은 마음이 드는 것은 어쩌면 당연하다.

오빠도 그랬을지 모른다. 도무지 비슷한 점이라고는 하나도 없고, 단 한 번도 마음이 맞았던 적이 없는 동생을 터널 밖에 세워둔 채 들어가 버린다. 동생은 오빠가 나오기만을 기다린다. 하지만 아무리 기다려도 오빠가 나오지 않자 울음과 공포를 참고 그를 찾아 터널 속으로 기어들어 간다. 자신이 좋아하는 그림책도 바닥에 놓아두고 엉금엉금 '컴컴하고 축축하고 미끈거리고 으스스한' 터널 속으로 계속해서 기어들어 간다. 언제나 놀리고 무시하고 깔보는 오빠였지만 기꺼이 그에게 가는 중이다.

관계를 변화시키는 힘은 바로 이런 용기 있는 선택과 행동으로부터 온다. 특히 왜곡되고 상처가 깊은 관계일수록 더욱 그렇다.

자신의 감정은 숨긴 채, 상처주는 말을 아무렇지도 않게 해대는 오빠를 위해, 무엇을 바라서가 아닌 그 존재만을 위해, 기꺼이 그에게 기어가기 시작한 순간, 바로 그런 때에 아무리 힘겨운 관계일지라도 기적이 일어난다. 그건 아마도 마음 한쪽에 상대에 대한 희망과 좋은 관계에 대한 바람이 있었기 때문이리라.

마침내 터널 반대편으로 나온 동생은 고요한 숲을 발견한다. 하지만 그곳에는 오빠의 그림자도 보이지 않는다. 숲은 갈수록 컴컴하고 울창해진다. 자꾸만 늑대, 거인, 마녀가 떠올라 당장에라도 돌아가고 싶다. 하지만 그럴 수가 없다.

'혼자 돌아가 버리면, 오빠는 어떻게 될까요?'

그런 생각을 하다가 겁에 질려 마구 뛰기 시작한다. 그러다

숨이 차서 멈추자 빈터가 나타난다. 거기에 돌처럼 굳어버린 사람이 하나 있다. 바로 오빠다.

누구에게도 공감받지 못한 사람의 마음, 혹은 아무도 공감하지 못하는 사람의 마음은 돌처럼 굳어진다. 너무 외롭고 슬프고 아파서 자꾸만 참다 보니 그만 돌처럼 굳어버린 것이다. 상처입기 싫어서 돌처럼 단단한 갑옷을 입은 채 살다 보니 원래의 보드랍고 말랑말랑한 마음은 까맣게 잊은 채 딱딱하고 차가운 모습으로 살아가는 것이다.

이런 마음을 회복할 수 있는 거의 유일한 방법은 우는 것이다. 그러나 너무 딱딱해져버린 이들은 스스로 울 수조차 없다. 그럴 때는 누군가 먼저 울어줘야 한다.

동생은 자신이 너무 늦게 왔다며 차갑고 딱딱한 돌로 변해버린 오빠를 껴안고 흐느껴 울기 시작한다.

그러자 돌은 조금씩 색깔이 변하더니 부드럽고 따스해진다. 그러다 어느새 오빠로 바뀐다. 오빠는 다정하게 말했다.

"로즈! 네가 와줄 줄 알았어."

둘은 함께 집으로 돌아간다. 별일 없었느냐는 엄마의 질문에 살며시 웃는다.

단 한 번의 공감이 둘 사이에 놓인 무섭고 깜깜한 터널을 통과하게 했다. 이제 깊은 연결감 속에서 서로를 진심으로 걱정하고 사랑하는 오누이가 된 것이다. 이처럼 건강하고 좋은 관계는 상대를 위한 희생을 기꺼운 마음으로 감내하는 용기를 가진 사람에게 찾아온다.

- 당신이 맺고 있는 관계들을 떠올려보세요. 각각의 관계는
  나에게 어떤 의미가 있나요?

- 우리는 때론 누군가를 안아줄 수도 있고, 누군가에게 안길
  수도 있습니다. 당신을 안아주는 사람, 당신이 안아주는
  사람을 떠올려보세요.

- 당신의 어둡고 컴컴하고 축축한 마음까지도 안아주는
  사람이 있나요? 있다면 그는 당신에게 어떤 존재인가요?
  인상 깊은 일화를 떠올려 보세요.

- 당신이 바라고 원하는 좋은 관계는 어떤 것인지 글 혹은 그림으로 묘사해보세요.

하루하루 원하지 않는 것을 멈추고
순간순간 원하는 것을 선택하다 보면
어느새 삶 전체가 원하는 것으로
가득 차 있음을 느낄 날이 온다.

《도서관》

사라 스튜어트 글 | 데이비드 스몰 그림 | 지혜연 옮김 | 시공주니어

좋아하는 것만
하고 살아도 괜찮다

언젠가 《도서관》을 가지고 그림책 치료 수업을 할 때의 일이다.

책을 읽은 이들로부터 "도대체 이 책이 왜 좋은 책이지요?" "아이들이 이 책을 보고 뭘 배울 수 있을까요?" "이렇게 아무것도 하지 않고 책만 읽어도 되나요?"라는 질문을 받았다. 그도 그럴 것이 《도서관》에는 평생을 자기가 좋아하는 책 읽기만 하는 주인공 엘리자베스 브라운이 등장하기 때문이다. 현실적으로 우리나라의 정서상 이렇게 책만 읽다간 사회성도 부족해지고, 대학도 못 가고, 제대로 된 어른이 되기 힘들 것이라고 생각하는 이들이 많았다.

마침 그날 《도서관》을 읽고 함께 나눌 주제가 '좋아하는 것만 하고 산다면'이었기에 참여자들의 질문은 이야기를 시작하기에 딱 좋은 마중물이 되었다.

그림책은 이처럼 저마다의 내면에 간직하고 있는 질문을 끌어낸다. 무방비 상태로 오로지 직관을 활용해 마음으로 읽고, 느껴지는 그대로를 받아들여 보는 것은 좋은 감상법이다. 누군가 정해놓은 그림책 분석 방법을 따르는 것은 진정한 나를 만나는 것에 오히려 방해가 되기도 한다.

《도서관》은 1995년 《뉴욕타임스》 북 리뷰에서 '뛰어난 어린이 책'으로 선정되며 어린이들에게 인생의 동반자인 책의 가치를 잘 전달했다는 찬사를 받았다. 이야기는 작은 시골 마을에 도서관이 생길 수 있도록 자신의 전 재산을 헌납한 실존 인물 메리 엘리자베스 브라운(1920~1991)의 전기를 담고 있다.

하늘에서 뚝 떨어져 내려온 아이 엘리자베스는 마르고 시력이 안 좋고 수줍음이 많은 아이다. 어려서부터 인형 놀이나 스케이트 타기에는 관심이 없고 오직 하루 종일 책만 읽었다. 대학생이 된 엘리자베스는 학교 기숙사에 들어갈 때도 커다란 트렁크에 책을 가득 넣어 가져갔고, 책이 너무 많아서 침대가 무너질 정도였다. 다른 친구들이 데이트를 즐기는 동안에도 밤새도록 책을 읽었다.

그러던 어느 날 오후, 기차를 타고 나갔다가 길을 잃은 엘리자베스는 그곳에서 살 집을 마련하고 아이들을 가르치며 살기 시작한다. 그녀에게는 자신이 사는 장소가 크게 중요하지 않았던 모양이다.

　계속해서 책방에 들러 책을 구입하고 읽고 모으자 집 안은 점점 책으로 가득 차게 된다. 더 이상 단 한 권의 책도 놓을 수 없을 만큼 집이 책으로 가득 차자 엘리자베스는 자신의 전 재산인 책을 마을에 기부한다.

　그 후 마을에는 엘리자베스 브라운 도서관이 생겼다. 엘리자베스는 하루가 멀다 하고 도서관을 찾았고 여전히 책을 읽으며 살아간다.

　나는 《도서관》을 읽으면서 얼마나 큰 위안을 받았는지 모른다. 아무것도 잘하는 것이 없어도, 책 읽기만 좋아해도 괜찮구나, 세상살이에 조금 어수룩해도, 사람을 만나 어울리는 것보다 책 읽는 것을 선택해도 괜찮구나, 라는 안도감이 들었기 때문이다. 나 역시 20대 때부터 아이들을 지도하며 살아가고 있었기에 엘리자베스 브라운의 삶이 마치 내 인생처럼 여겨졌다.

12년 전《도서관》첫 장에 서명을 적어 넣으며 '나도 이런 삶을 살 거야'라고 다짐했다. 그리고 지난 12년 동안 엘리자베스 브라운처럼 책으로 둘러싸인 방에서 살며 아이들을 가르쳤고, 옷과 화장품은 안 사도 책은 사야 행복한 사람으로 살았다. 지금은 내가 좋아하는 공간에서 느끼고 생각한 것을 글로 남기고, 나누는 삶을 살고 있다. 그렇다고 돈이 아주 많아서 이런 생활을 할 수 있는 것은 아니다.

원하는 것, 좋아하는 것을 구체적으로 명확히 알아갈수록 원하지 않은 것, 불필요한 것을 삶에서 제거할 수 있었다. 진정 원하는 것만 하다 보면 삶이 매우 간소해진다. 어느새 엘리자베스 브라운이 책을 모두 기증한 것처럼 나 역시 세상에 내가 가진 재능과 물질을 나눌 수 있게 되었다.

좋아하는 것만 하며 살아가는 사람, 하면 최근에 가장 많이 회자되는 인물은 아마도 이효리, 이상순 부부일 것이다. 그들은 돈벌이나 유명세를 향해 노력하는 모습이 아닌, 평범한 자연인으로 돌아간 일상을 보여준다. 그들은 삶에서 무언가를 더하는 것이 아닌 빼기 시작했다. 그리고 그 빈곳에 자신이 원하는 것을 채웠다. 새벽에 일어나 요가를 하고, 서두르지 않고 여유 있게 아침을 준비해 먹고, 강아지와 산책을 하고, 그림을 그리고 음악을 듣고, 자신의 일과 관련된 작업을 한다. 그렇게 원하는 것을 하면서 하루하루를 채우다 보니 자연히 마음에 여유도 생기고, 다른 사람에게도 좋은 에너지를 전할 수 있게 된 것이다. 그들은 단지 자신들이 좋아하는 것을 할 뿐인데 그것이 다른 이들에게 부러움이 되고 위로가 되고 밥이 되고, 돈이 된다.

《도서관》을 통해 수업을 하고 나면 이런 질문을 자주 받는다.
"정말 원하는 것만 하고 살아도 되나요?"
사람들에게 원하는 것이 무엇인지 물으면 대부분 '놀고먹고 아무것도 하지 않는 것'이라고 말한다. 오랜 시간을 자신이 아닌 다른 이들이 짜놓은 계획에 따라 살며, 인정받기 위해 지나치게 열심히 지내온 이들은 자신이 좋아하는 것이 무엇인지, 진정 원하는 삶이 어떤 것인지 알지 못하는 경우가 많다. 때문에 여유가 생기면 놀고먹고 쉬면 좋을 것이라고 막연히 생각한다. 그러나 자신이 진정으로 원하는 것을 깨닫지 못하면 막상 휴가가 생겼을 때조차도 남들이 좋다고 한 여행 코스에 맞춰 그들과 같은 음식을 먹으며 돈을 지불하게 된다.

당신이 정말 좋아하는 것이 무엇인지 곰곰이 생각해보길

권한다. 우리들 각자는 텔레비전 광고 속 반듯한 모델처럼 살기 위해서나, 죽도록 일하기 위해서 태어난 것이 아니다. 각자 세상에 나온 모습 그대로 자기가 좋아하고 잘하는 것을 즐기며 살아도 된다. 우리들 한 사람 한 사람은 이 우주에서 유일하고도 특별한 존재다. 그러므로 다른 누군가와 같아지기를 바라거나 비교하는 것을 놓아버리자. 그리고 느껴지는 그대로 원하는 삶을 살아보기를 권한다.

하루하루 원하지 않는 것을 멈추고, 원하는 것들로 채워나가다 보면 어느새 삶 전체가 원하는 것으로 가득 차 있음을 느낄 날이 온다. 나도 그랬다. 정말 좋아하는 것을 위해 두 번째, 세 번째로 좋아하는 것을 그만두었다. 그랬더니 어느새 내가 좋아하는 일이 직업이 되었고, 그 일을 하며 행복해졌고, 다른 이들을 도울 수 있게 됐다.

- 만약 당신의 이야기를 자서전으로 쓴다면, 당신은 무엇을 좋아하는 사람으로 기록될까요?

- 그것이 사실이라는 것을 증명할 수 있나요? 왜 그런가요?

- 지금부터 새롭게 시작해서 정말로 좋아하는 일을 할 수 있다면 무엇을 하며 살고 싶나요? 그 일을 하면 뭐가 좋을까요? 그 일은 다른 사람과 세상에 어떤 도움을 주나요?

- 지금 마음에 느껴지는 그대로를 담아 '나의 자서전' 제목을 몇 가지 지어보고, 가장 마음에 드는 것으로 오른쪽에 짧은 자서전을 써봅시다.

제목 : _____

스스로 아무짝에도 쓸모없는 존재라고 생각하며
서럽게 울던 강아지똥은
별처럼 빛나는 꽃이 되어
향긋한 꽃향기가 되어
바람을 타고 세상 멀리멀리 퍼져 나간다.

《강아지똥》
권정생 글 | 정승각 그림 | 길벗어린이

나는 죽을 때까지
나로 살고 싶다

스무 살 때부터 나는 어린이 캠프 지도자, 글쓰기 교사, 유치원 교사, 아동미술 교사, 놀이수학 교사, 모래놀이 교사, 독서토론 논술지도사, 독서치료 상담사, 연극배우, 코치, 작가 등 열 가지가 넘는 직업을 가지며 상황에 맞게 역량을 발휘할 수 있는 일을 선택했고 그때마다 투신했다. 결혼을 하고 아이를 낳아 키우면서도 일의 영역을 넓혀가며 성장해왔다. 그러나 그때마다 '내가 되고 싶은 나'를 인식하고 선택했다기보다 당시의 현실에 맞게 아들을 키우고, 가정을 소홀히 하지 않는 범위 안에서 일했다. 다행히 내가 잘하고 재미있어 하는 일이었고 좋은 성과도 있었지만….

　나 스스로에게 '나는 무엇이 되고 싶은가?'라고 묻기 시작한 것은 나이 마흔이 되었을 때다. 마흔이 되도록 정말 열심히 살았다. 그런데 가장 소중하게 생각하던 남편과의 관계에서 문제가 생기자 삶 전체가 휘청거리기 시작했다. 스스로가 길바닥에 버려진 개똥보다 못한 존재로 느껴질 만큼 자존감이 떨어졌다.

그동안은 정말 잘 살고 있다고 생각했다. 남부럽지 않은 삶이라고 자부하고 있었다. 그러나 불화가 시작되자 나는 이전과 같은 방식으로 더는 살아갈 수 없다는 것을 느꼈다. 그리고 그때 비로소 깨달았다. 내가 다른 사람의 인정과 칭찬만을 위해 무던히도 애쓰며 살았다는 것을.

삶의 중심에 내가 없었다는 것을 알게 되자 진정한 나로 살고 싶어졌다. 이전과는 다른 삶을 살아야겠다고 생각했을 때 마음 깊은 곳에서 질문이 떠올랐다.

'나는 무엇이 되고 싶은가?'

끊임없이 묻고 또 물었다.

이 질문은 나에게 '어떻게 살 것인가?' 혹은 '어떻게 기억되고 싶은가?'와 마찬가지의 무게였다.

처음 스스로에게 이 질문을 했을 때는 아주 오랫동안 이 사회에서 세뇌당한 사람답게 타인에게 인정받는 직업을 먼저 떠올렸다. 교수나 작가처럼 세상이 그럴듯하게 정해놓은 번듯한 직함이 필요하다고 느꼈다. 그리고 그것이 되기 위해 누군가 인정해주는 자격증이 필요하다고 생각했고, 자격증을 받기 위해 열심히 이것저것 공부했다. 변화와 성장을 즐기는 터라 배움은 즐거움과 행복을 주었지만, 결과적으로 승인을 받기 위한 자격시험을 보는 것은 그리 유쾌하지만은 않았다. 그런데 그렇게 딴 자격증이 결국 세상에서 큰 힘을 발휘하지 못하는 종잇조각에 불과하며, 그 자격증을 발급해준 사람들조차 합격 이후에 아무 책임이 없다는 것을 알게 되었다. 누군가 부여해준 자격증을 받는 것이 그렇게 중요한 일이 아니라는 것, 나도 절차만 밟으면 그들처럼 자격증을 발급해줄 수 있는 자리로 옮겨 앉을 수 있다는 것을 알게 된 것은 꽤 많은 돈과 시간을 들인 후였다.

누군가에게 인정받는 것이 의미가 없다는 것을 깨닫자 나는 어떤 태도에 마음이 갔다. 우아함, 온유함, 겸손함, 카리스마 있는 사람이 되고 싶었다. 이런 마음이 들 때마다 나는 습관처럼 또 무언가를 배우고, 어떤 사람인 척 행동했다. 늘 새로운 배움을 선택하느라 그때마다 초보자의 자리에서 긴장하고 떨었다. 이전과 다른 방식으로 새롭게 살고 싶어 몸부림쳤지만 언제나 저 멀리 있는 목표에 비하면 나는 여전히 부족하기 짝이 없는 사람으로 느껴졌다.

그렇게 스스로를 자책하며 지내던 나이 마흔에 《강아지똥》을 다시 꺼내 읽게 되었다.

이 책에는 아무에게도 사랑받지 못하는 강아지똥이 나온다. 강아지똥은 자신의 모습에 서럽게 울며 화를 내고, 홀로 차가운 길바닥에 누워 내리는 눈을 맞기도 한다. 그러다 무언가 세상에 도움이 되는 존재가 되고 싶어진다.

"난 이렇게 더러운 똥인데, 어떻게 착하게 살 수 있을까?"

그러다 봄이 오고, 아무도 거들떠보지 않는 강아지똥 앞에 '파란 민들레 싹'이 돋아난다. 민들레는 그동안 강아지똥을 무시하고 함부로 말했던 다른 이들과 달리 그의 질문을 친절하게 받아준다. 세상에 나오자마자 더러운 똥이라고 외면당하던 강아지똥은 민들레와 마주 보며 다정하게 많은 이야기를 나눈다. 그리고 하늘의 별처럼 고운 꽃을 피운다는 민들레를 위해 기꺼이 거름이 되어주기로 결심한다. 내리는 빗물에 몸이 녹아 물컹해진 강아지똥은 기쁜 마음으로 민들레 싹을 힘껏 끌어안는다. 강아지똥은 온몸을 잘게 부숴 고스란히 녹여가며 민들레의 몸속으로 들어간다. 민들레 뿌리와 줄기를 타고 올라가 마침내 꽃봉오리를 맺게 한다.

　스스로 아무짝에도 쓸모없는 존재라고 생각하며 서럽게 울던 강아지똥은 별처럼 빛나는 꽃이 되어, 향긋한 꽃향기가 되어 바람을 타고 세상 멀리멀리 퍼져 나간다.

　스스로를 자책하며 상처 입은 희생자 역할을 자처하던 나는 타고난 정체성을 십분 발휘해 아름다운 일을 해낸 강아지똥을 보면서 '나는 무엇이 되고 싶은가?'에 대한 답을 얻을 수 있었다.

　진정한 나로 사는 삶은 태어난 모습 그대로를 발현하며 사는 것이었다. 있는 그대로의 자기를 존중하고 타고난 재능과 소질을 맘껏 발휘하며 사는 삶, 진정 원하고 바라는 것을 위해 기꺼이 투신하는 삶, 자아실현을 이루며 계속 성장하는 삶을 살고 싶다는 생각이 명확하게 자리잡았다.

　그 후 나는 그 뜻에 따라 여성과 아이를 교육하고 치유하는 삶을 살고 있다. 그렇게 설립한 '마음성장학교'는 내가 20대부터 마흔을 넘어 지금에 이르기까지 경험하고 배운 모든 것을 다 담아 내어줄 수 있는 자아실현의 장이 되고 있다. 그곳에서 함께하는 이들과 더불어 계속 성장하고 성숙하는 삶을 살아갈 것이다.

때때로 나는 여전히 묻는다.

'나는 무엇이 되고 싶은가?'

이제는 답할 수 있다.

'나는 지금 여기에 있는 내가 되고 싶다. 아니, 나는 이미 나다. 나인 것이 매우 기쁘고 행복하다.'

나는 내 마음의 소리를 신뢰하기에 내 안에서 들리는 소리에 따라 방향과 한계를 정하지 않고 계속 걸으며, 자유롭게 성장한다. 오직 스스로 선택해 걷는 그 걸음만이 나를 나이게 하고, 내가 나로 살아갈 수 있도록 안내한다는 것을 이제 안다.

나는 나다.

나는 죽을 때까지 나로 살다가 나로 기억되고 싶다.

나는 나다.

- 당신은 스스로를 어떻게 또는 무엇이라고 느끼나요?

- 진정한 나로 산다는 것은 당신에게 어떤 의미가 있나요?

- 당신이 생각하는 진정한 자아실현은 무엇인가요?
  자아실현을 이룬 당신을 구체적인 이미지로 상상해보세요.

- 자아실현을 이루기 위해 무엇을 어떻게 해야 할까요? 그중 지금 당장 실천할 수 있는 것은 무엇인가요?

- 원하는 내가 된 후에 어떤 기분이 들 것 같나요?

문은 원래 처음 열기가 어렵지
조금, 아주 조금만 열어도
곧 그곳으로 밝고 따뜻한 빛이
들어가기 마련이다.

《여기보다 어딘가》
거스 고든 글·그림 | 김서정 옮김 | 그림책공작소

내 속에 비밀의 문이
열릴 때

사람은 늘 '여기보다 어딘가'를 꿈꾸며 산다. 거스 고든의 그림책 《여기보다 어딘가》의 표지는 초록빛 언덕 위에 빨간 나무가 그려진 그림으로 한눈에도 밝고 긍정적인 분위기다. 게다가 마치 카피처럼 느껴지는 '여기보다 어딘가'라는 제목도 산뜻한 느낌이다.

책장을 넘기면 오래된 잡지에서 오려낸 듯한 온갖 종류의 여행 가방이 보는 이를 맞이한다. '와!' 하는 감탄사가 절로 흘러나온다. 여행 가방을 본 것뿐인데 신기하게도 그동안 갔던 수많은 여행의 추억이 되살아난다. 그리고 '여기보다 어딘가'로 정말 떠나고 싶은 마음이 든다. 이 책은 얼핏 보면 '여행'에 관한 내용이다. 조금 더 들여다보면 '변화'에 대해서도 말하고 있다. 거기서 조금 더 파고들면 변화하고 싶지만 그러지 못하는 인간 내면의 '자기기만'을 알아차리게 도와준다.

아름다운 언덕 위, 빨간 나무 집에 사는 조지는 맛있는 빵을 굽는 빵집 주인인 '새'다. 조지의 빵 굽는 솜씨는 기가 막혀서 친구들은 언제나 조지가 만든 빵을 찾는다. 그리고 빵을 먹을 때마다 극찬을 아끼지 않는다. 예를 들면 조지가 만든 초코크림 도넛을 먹으며 "안데스 산맥 꼭대기에서 떠오르는 태양처럼 찬란해"라고 말하는 친구도 있고, 사과 파이를 먹던 이는 "이 사과 파이는 멋진 파리의 밤을 떠올리게 하는군"이라고 칭찬하며 황홀한 표정을 짓기도 한다. 당근 케이크를 먹던 조지의 친구들은 떼로 몰려와 "조지, 너 가을에 알래스카 툰드라에 가본 적 있냐? 거기가 꼭 이 케이크 같아. 말도 못하게 아름답다니까!"라며 한목소리로 칭찬을 한다. 친구들은 조지가 만든 빵을 정말 좋아한다. 그리고 조지도 자기들이 본 풍경을 보았으면 한다. 그래서 조지에게 근사한 자연을 직접 보는 것이 얼마나 좋은지 권하지만 조지는 그들을 외면하고 분주하게 일만 한다. 그리고 번번이 함께 가지 못하는 핑곗거리를 둘러댄다.

조지는 모든 새들이 이동하는 계절이 와도 꼼짝하지 않는다. 그리고 어딘가 다른 곳에 가는 것보다 여기 있는 게 좋다고 혼잣말을 한다. 그렇게 여러 해가 지나자 이제는 아무도 조지에게 함께 떠나자고 권하지 않는다. 겨울이 되면 조지 곁에는 아무도 없다. 더 이상 빵을 먹어줄 친구도 모두 사라진다.

그러던 어느 날, 겨울을 따뜻하게 지낼 장소를 찾던 곰 파스칼이 쓸쓸히 지내는 조지에게 왜 떠나지 않는지 물어본다.

파스칼의 질문에 조지는 변명을 늘어놓기 시작한다. 기타를 치느라 바쁘다고. 하지만 조지는 기타가 없다. 거짓말이 들통나자 이번에는 텔레비전도 없으면서 드라마를 봐야 한다고 말한다. 그리고 급기야 자서전을 쓰느라 바쁘다고 해버린다. 태어나서 지금까지 5년을 살면서 빵을 굽는 일 외는 별다른 한 일도 없는데 말이다.

파스칼이 집요하게 '추운 겨울에 친구들과 함께 따뜻한 곳으로 날아가지 않고 혼자 지내는 이유'를 묻고 또 묻자 조지는 진실을 말한다.

"하늘을 날 수만 있다면요."

조지는 매년 계절이 바뀔 때마다 수천 킬로미터를 날아가는 철새 종인데도 나는 법을 배우지 못한 것이다. 사실은 친구들이 나는 법을 배울 때 혼자만 딴짓을 했다는 것이 부끄러워서 그동안 계속 날기를 배우지 않고 핑계를 댔다. 조지는 외롭고 추운 겨울이 오면 어딘가 다른 곳에 가는 것보다 여기 있는 게 좋다고 말하며 자기 합리화를 하고 있었던 것이다.

'나도 함께 가고 싶어. 나 좀 도와줘. 난 나는 법을 배워야 해'라고 사실대로 말했다면 어땠을까. 누구에게나 숨기고 싶은 비밀은 있다. 그런데 표현하지 않았다고 해서 그 비밀이 영원히 사라지는 것은 아니다. 비밀이기에, 또 깊이 간직했기에, 비밀을 지키기 위해 많은 에너지를 써야 한다. 조지도 날지 못한다는 것을 감추느라 빵집에 오는 친구들의 칭찬과 권유를 마음 편하게 받아들이고 좋아하지 못했다.

비밀로 간직한 것으로부터 자유로워지기 위해서는 믿음직한 누군가에게 조금씩 털어놓을 것을 권한다. 그것도 어렵다면 마음을 솔직히 적을 수 있는 작은 노트 한 권을 준비해, 글로 정리해보는 것도 많은 도움이 된다.

사람은 스스로 부끄럽게 생각해서 감추고 있는 것을 직면하고 수용하고 용서할 때, 새롭게 변화하고 성장할 수 있는 에너지를 회복하게 된다. 그리고 비로소 자기 안에 있는 것을 지키기 위해 애쓰지 않는다. 자연스럽게 세상을 향한 호기심이 살아난다.

그림책 속 조지도 자신을 직면한 후 파스칼의 도움으로 날기 위한 다양한 도전을 실행한다. 도전하는 것마다 실패하고 또 실패하지만 마침내 둘은 커다란 기구를 만들어 친구들이 그동안 이야기했던 곳은 물론이고 들어보지 못한 곳까지 여행한다. 그리고 조지는 '세상은 상상했던 것보다 훨씬 더 크고

비밀로부터 자유로워지는 방법

1. **직면하기** : 아, 내가 다른 친구들이 날기를 배울 때 딴짓을 하고 놀았구나. 사실 나도 친구들과 함께 여기가 아닌 어딘가로 날아가고 싶어.
2. **수용하기** : 내가 그렇게 놀았구나. 날지도 못하고. 하지만 날지 못하는 나도 괜찮아.
3. **용서하기** : 그동안 스스로를 부끄럽게 생각하고 감추느라 친구들과 친밀한 시간도 잘 보내지 못하고, 늘 분주하게 지내느라 수고했어. 미안해. 이제부터 내가 나를 더욱 사랑할게.
4. **변화하고 성장하기** : 여기가 아닌 다른 곳은 어떨까? 어떻게 하면 날 수 있을까?

훨씬 더 멋있다'고 생각한다.

내가 진행하고 있는 '마음성장학교' 프로그램은 변화와 성장에 대한 주제를 담고 있다. 그러다 보니 변화를 원하는 사람을 많이 만난다. 대부분 첫 시간에는 참여하게 된 동기와 과정을 통해 어떤 변화를 기대하는지에 대해 묻는다. 20~50대까지 다양한 연령과 직업을 가진 사람들이지만 참여 동기는 크게 10가지 정도로 압축된다.

1. 주변 사람의 시선으로부터 자유롭고 싶다.
2. 진정한 나를 만나고 사랑하고 싶다.
3. 변화에 대한 두려움을 없애고 싶다.
4. 지금의 삶에서 벗어나고 싶다.
5. 내가 원하는 것이 무엇인지 알고 싶다.
6. 주변 사람과 좋은 관계를 맺고 싶다.
7. 나답게 살고 싶다.
8. 나의 감정과 욕구를 알고 표현하고 싶다.
9. 나도 몰랐던 나에 대해 알고 싶다.
10. 성장하고 싶다.

'하고 싶다'라는 말은 '지금은 그렇지 않다'는 뜻을 내포하고 있다. 사람은 객관적으로 봤을 때 아무 문제가 없어 보이는 상황 속에서도 변화와 성장을 꿈꾼다. 이러한 성장 욕구야말로 인간이 태어나면서부터 받은 선물이라고 생각한다. 사람은 별다른 의미 없이 숨 쉬고 먹고 자는 것만으로도 살아갈 수 있다. 그런데 수없이 반복되는 일상이 자의가 아닌 타의에 의한 행위로 채워지고, 거기에 각종 외부의 압력이 스트레스로 작용하기 시작하면 누구나 마치 성장을 멈춘 듯, 숨을 멈춘 듯 답답함을 느끼기 시작하고 뭔가 잘못 살고 있다는 느낌을 받는다. 자연스러운 '변화와 성장'은 '자유의지'와 함께할 때에만 유효한 것이기에, 스스로의 의지가 아닌 주변 환경이나 타인에 의해 결정되는 인생을 살아갈 때 삶은 왜곡되기 시작한다.

　왜곡된 삶이 점차 그 무게를 더할 때 사람은 본능적으로 변화와 성장을 갈망한다. 어떤 이에게는 그 신호가 무기력이나 우울증으로 오기도 한다.

　그러니 마음이 무거워지는 순간이 오면 부디 알아차리기 바란다. 그때야말로 변화하고 성장할 절호의 기회다. 마음속에서 '나는 못해. 안 해. 실패하고 말 거야'라는 소리가 들려오면 '내가 스스로 못한다고 느끼고 있구나'라고 느껴지는 그대로를 수용하면 된다. 그리고 '그렇게 느껴도 괜찮아'라며 불안하고 두려워하는 나를 안아주고 인정해주면 된다. 또 스스로를 믿지 못하고 의심한 것에 대해 용서의 마음을 전한다.

'그동안 나 스스로를 인정하지 못하고 실패할 거라고 말해서 미안해. 나는 내가 실패하고 조금 부족해도 언제나 나를 응원할 거야.'

여기까지 하고 나면 마음속에 전과는 다른 종류의 긍정적인 감정이 차오르면서, 이제는 자신을 위해 뭔가 변화하고 성장하고 싶다는 생각이 든다.

《여기보다 어딘가》를 읽으면 몇 달 동안 세계 곳곳을 여행하고 돌아온 조지의 빵에 어떤 변화가 생겼을지, 빵을 먹으러 온 친구들과의 대화가 얼마나 풍성해졌을지 상상하게 된다.

아무에게도 말할 수 없었던 비밀을 들어준 곰 파스칼 같은 친구가 분명 우리 곁에 한 명쯤은 있다. 혹시 없다면 내 마음의 문이 꽉 닫혀 있어서 아직 보이지 않는 것일지도 모른다. '여기보다 어딘가'를 꿈꾼다면 마음의 문을 조금만 열어보길 권한다. 문은 원래 처음 열기가 어렵지 조금, 아주 조금만 열어도 곧 그곳으로 밝고 따뜻한 빛이 들어가기 마련이니까.

마음에게 하는 질문

- 당신의 현재 삶에 영향을 주는 감추고 싶은 비밀이 있나요?

- 지금 여기, 당신의 삶에 변화를 시도한다면 무엇을 어떻게
  바꾸고 싶은가요?

- 원하는 변화를 이루기 위해 무엇을 하면 좋을까요?
  다양한 방법을 생각해봅시다.

- 당신이 원하는 변화가 이루어지면 어떤 기분이 들까요?
  생생하게 묘사해서 적어보세요.

자신이 모른다는 것을 깨닫는 순간
배워야겠다고 결심한 순간
신문을 읽고 음악회에 가고
책을 읽으며 행동으로 옮긴 순간
이 모든 배움의 순간이
아저씨를 주체적 존재로 다시 태어나게 했다.

《행복한 청소부》

모니카 페트 글 | 안토니 보라틴스키 그림 | 김경연 옮김 | 풀빛

진짜 원하는 공부를 하는
즐거움

아주 잠깐 스쳐 지나가는 순간의 경험이 한 사람의 삶을 바꿔 놓을 때가 있다. 독일에서 거리 표지판을 닦는 청소부 아저씨의 이야기가 담긴 모니카 페트의 《행복한 청소부》에도 바로 그런 순간이 나온다. 아저씨는 매일 파란색 작업복을 입고 파란색 고무장화를 신고 파란색 사다리·물통·솔·가죽 천을 챙기고, 파란색 자전거를 타고 '작가와 음악가의 거리' 표지판을 닦았다. 아저씨는 맡은 일에 최선을 다했다. 그래서 주변 사람들에게 늘 칭찬을 들었다. 그는 자기 일을 사랑했다.

그러던 어느 날, 한 엄마와 아이가 '글루크 거리' 표지판을 열심히 닦고 있던 아저씨 옆에서 이야기하는 것을 듣게 된다. 아이는 '글뤼크(독일어로 '행복'이라는 뜻)'라고 쓰여 있어야 하는데 아저씨가 표지판 청소를 하며 선 하나를 지워버려서 '글루크'가 되었다고 했다. 엄마는 그게 아니라고 말하며 '글루크'는 독일의 작곡가 이름이고 이곳은 그의 이름을 딴 거리라고 말해준다.

이 순간의 경험이 아저씨의 삶을 완전히 바꿔놓는다. 아저씨는 매일 특별한 생각 없이 자신이 맡은 일에 충실했지만, 정작 그렇게 열심히 닦고 있는 표지판에 쓰인 이름에 대해 아이만큼이나 모른다는 것을 알게 된다. 그리고 더 이상 이렇게 살아서는 안 되겠다는 결심을 한다.

아저씨는 주머니에서 동전을 꺼내 던진 후 그림 면이 나오면 음악가, 숫자 면이 나오면 작가를 공부하기로 한다. 사람들은 보통 무언가 새로운 일을 시작할 때 '앞면이 나오면 하고 뒷면이 나오면 하지 말아야지'라고 생각한다. 그런데 아저씨는 앞면이든 뒷면이든 어찌 됐든 시작하고자 하는 확고한 마음이 있었다.

아저씨는 퇴근 시간이 되자 급히 집으로 가서 종이에 음악가의 이름을 죽 적는다.

'글루크-모차르트-바그너-바흐-베토벤-쇼팽-하이든-헨델.'

그리고 신문을 꼼꼼히 보며 오페라 공연과 음악회에 관한

정보를 모은다. 어떤 것은 수첩에 적기도 하고, 공연 날이 다가오면 입장권을 사서 좋은 양복을 꺼내 입고 보러 갔다.

'이제 내가 부족한 게 뭔지 알 것 같아.'

가만히 눈을 감고 듣는 음악은 아저씨의 오감을 깨우고 행복한 미소를 머금게 만들었다. 아저씨가 스스로 부족함을 인식하고 배우려 하지 않았다면 평생 한 번도 느껴보지 못했을 감정이었다.

크리스마스가 되자 아저씨는 자신에게 레코드플레이어를 선물한다. 크리스마스트리 밑에 누워 어둠 속에서 음악을 들으며, 오래전에 죽은 음악가들과 가장 좋은 친구가 되는 느낌을 받는다. 이전과 다를 바 없는 집이지만 이제 그 어떤 공간보다 더없이 멋지고 편안한 곳이 되었다. 아저씨는 행복한 표정으로 음악을 들으며 마음속으로 묻고 대답하고 음악가들과 이야기를 나눈다.

음악가들에 대해 공부하며 오감이 열리고 자기 자신에 대해 또 음악가에 대해 더 깊이 알게 된 아저씨는 이제 종이 뒷면에 작가들의 이름을 쓴다.

'괴테—그릴파르처—만—바흐만—부슈—브레히트—실러—슈토름—케스트너.'

아저씨는 시립 도서관에 가서 그들이 쓴 책을 빌려 읽는다. 한 번도 들어보지 못한 말이 자꾸만 나와 이해하기 어려웠지만 이해할 수 있을 때까지 되풀이해서 읽었다.

아저씨가 어린아이와 같이 호기심 가득한 눈으로 책을 읽는 모습은 정말 인상적이다. 몰입의 경험이 있는 사람이라면 아마 아저씨의 모습이 바로 그런 상태임을 단번에 알 수 있을 것이다. 아무리 이해하기 어렵다 해도 전혀 문제가 되지 않는 몰입 상태에 빠진 아저씨는 저녁마다 책을 읽으며, 그 속에서 발견한 것들이 음악에서 발견했던 것과 무척 비슷하다는 것을 알게 된다. 그리고 자기만의 정의를 내린다.

"아하! 말은 글로 쓰인 음악이구나. 아니면 음악이 그냥 말로 표현되지 않은 소리의 울림이거나."

아저씨는 공부의 즐거움을 이렇게 체득한 것이다. 책을 읽고 음악을 들으며 그것이 누구의 어떤 작품인지 아는 것을 넘어, 그 작품을 어떤 평론가가 어떻게 분석하고 해석하고 평가하고 있는가를 넘어, 자기만의 해석과 정의를 내릴 수 있게 되는 것, 이것이 바로 배움의 이유이자 즐거움이다.

아저씨는 책이 마음을 차분하게도 들뜨게도 깊은 생각에 잠기게도 하며, 우쭐한 기분이 들게도 기쁘게도 혹은 슬프게도 한다는 것을 알게 된다. 그리고 음악가들이 음을 대하듯 곡예사가 공과 고리를, 마술사가 수건과 카드를 대하듯 작가들은 글을 대한다는 것을, 그 모든 것은 서로 연결되어 있으며 깊은 곳까지 내려가면 서로 통한다는 것을 알게 된다.

이제 아저씨는 표지판 닦는 일을 하면서도 그들의 작품을 읊조린다. 아저씨의 이런 행동은 사람들의 고정관념을 뒤흔든다. 아저씨는 이제 음악가와 작가에 대해 학자들이 쓴 책을 빌려 읽기 시작한다.

아저씨는 학교에서 학위를 받거나 자격증을 따기 위해서가 아니라, 오직 자신의 알고자 하는 욕구를 따라서 공부한 끝에 음악과 문학에 대한 전문가 수준의 지식을 갖게 되었다. 먼저 음악과 글로 굳어 있던 머리와 가슴을 열고, 학자들의 책을 읽으며 논리적으로 정리하고, 자신의 목소리를 담아 설명할 수 있게 된 것이다.

《행복한 청소부》는 인간이 어떻게 지성을 갖추게 되는지를 잘 보여주는 책이다. 뭔가 새로운 주제에 대해 공부를 시작하려 한다면 청소부 아저씨가 했던 대로 따라 하면 된다. 하루 중 몇 시간을 자신이 좋아하고 관심 있는 것을 위해 쓰는 것이다. 그리고 간단한 것부터 시작해서 좀 더 노력이 필요하고 복잡한 것으로 접근해가면 된다. 모르는 것이 나오고 이해하기 어려운 순간이 오는 것은 너무나 당연한 수순이다. 아저씨가 그랬듯이 이해할 수 있을 때까지 반복하고 또 반복하면서 새로운 영역으로 자신을 성장시켜나가면 된다.

그렇게 시간이 흘러 아저씨는 이제 사다리 위에서 음악과 문학에 대한 강연을 할 정도가 된다. 이제 아저씨의 모습은 그림책 첫 장에서 보았던 순하기만 한 느낌과는 완전히 다른 모습이다. 파란색 유니폼을 입고 정해진 규칙에 따라 역할을 성실히 수행하는 것이 행복한 삶의 전부라고 생각하며 살던 예전 아저씨의 모습이 아닌, 자신만의 생각을 가진 '개성화된 인간'으로 거듭난 것이다. 강연을 하는 아저씨를 보기 위해 사람들이 몰려들었다. 텔레비전에도 나오고 유명해졌다. 그리고 네 군데나 되는 대학에서 강연을 해달라는 부탁이 왔지만 아저씨는 거절하며 표지판 청소부로 머문다.

인간은 사회의 구성원으로 살아가기 위한 목적을 가지고 가정과 학교에서 공부를 시작한다. 직업상 필요한 것을 배우고 익히는 것도 마찬가지다. 청소부 아저씨도 깨끗하게 청소하는 일은 자신이 있었으니 더 이상의 배움은 생각조차 하지 않았을 것이다. 그러다 앎이 필요한 순간 배워야겠다고 결심하고 행동으로 옮겼다. 지성화를 넘어 개성화를 이루게 된 것이다. 개성화를 이룬 사람은 사회적 지위나 돈, 명예, 권력 등 외적 요소가 곧 자신이 아니라는 것을 안다. 이들은 다른 이들의 인정과 칭찬이 없어도 스스로 원하는 것을 이루며 계속 성장한다. '진정한 자신'을 살며 배움을 즐긴다. 삶에서 변화는 당연한 것이며, 삶이 끝나는 매순간까지 깨달음과 함께 계속 성장한다.

무엇이 되기 위해, 혹은 어떤 자격을 얻기 위해 하는 공부는 '존재'가 아닌 '역할'로 살기를 강요한다. 이런 공부로는 머리는 커질 수 있어도 가슴은 성장하지 않는다.

그러나 마음에서 배우고 싶은 욕구가 생겨 하는 공부는 다르다. 당장 경제적인 이익을 가져다준다거나 자격증을 딸 수 있는 것은 아니지만 한번쯤 '배움' 그 자체를 따라가 보기를 권한다.

자신이 원하는 것을 배우는 사람은 그 과정에서 '나'와 더욱 깊이 만날 수 있다.

- 당신의 인생에서 바꾸고 싶은 것이 있다면 무엇인가요?

- 그것을 위해 어떤 배움이 필요한가요?

- 그 배움은 당신의 인생을 어떻게 변화시킬까요?
  상상한 것을 그려보세요.

- 위에 표현한 그림을 보면 어떤 마음이 올라오나요?

더 이상 아무것도 할 수 없고
누구와도 연결돼 있지 않다고 느낀 그 순간
마음의 소리가 들리기 시작했다.

《빨간 나무》

손 탠 글·그림 | 김경연 옮김 | 풀빛

마음의 소리를 들을 때
생기는 일

누구나 마음속에 별 하나쯤은 품고 산다. 어떤 사람에게 그 별은 가족이고 친구며 꿈이고, 신념이자 신앙이다. 그런데 살다 보면 한번쯤 가슴속 깊이 간직한 그 별이 추락하는 경험을 하게 된다. 가장 신뢰하던 가족으로부터 받은 상처, 믿었던 친구의 배신, 그토록 원하던 꿈에 가 닿을 수 없게 만드는 현실, 자꾸만 자신의 신념과는 동떨어진 모습으로 살아가고 있는 나의 모습, 믿었던 신앙 안에서조차 사람은 단절을 경험하고 실망한다.

삶에 의미였던 마음의 별이 떨어지면 누구나 방향을 잃고 어디로 어떻게 걸어가야 할지 막막해진다. 아니, 걸어가는 것이 문제가 아니다. 당장 하루를 어떻게 살아낼 것인지가 문제가 된다.

'나는 누구이며 어디에 있는가?
그리고 어디로 가야 하는가?'

인생에서 길을 잃은 사람들은 어김없이 이 질문과 만나게 된다. 더 이상 이전의 방식으로 살 수 없다는 것을 알게 된다. 누군가는 포기하고 누군가는 새로운 길을 찾아 나선다.

오스트리아 작가 숀 탠의 《빨간 나무》는 가슴속에 깊이 간직한 별이 추락했을 때 느낄 수 있는 우울하고 절망스러운 감정을 잘 표현한 그림책이다. 이 책에 표현된 그림을 세밀히 들여다보면 삶의 어느 순간 누구나 한번쯤은 느꼈을 법한 감정과 만날 수 있다.

온갖 부정적인 단어가 가득 적힌 종이배를 탄 소녀가 짙은 회색빛 얼굴을 하고 잠잠히 웅크리고 있다. 아무도 관심을 가져주지 않는, 아무것도 아닌 사람이 되어 자는 듯 보이지만 어쩌면 수많은 검은 잎 위에 밝게 빛나고 있는 하나뿐인 빨간 단풍잎을 바라보고 있는지도 모른다. 간단한 서사와 극도로 외롭고 우울한 분위기의 소녀가 등장하는 이 책은 표지부터가 호기심을 자극한다. 그림책이라고 하기에는 너무 그로테스크한 분위기 때문이다.

소녀는 넓은 초록 벌판에서 키 큰 나무 의자 위에 올라서서 메가폰을 입에 대고 뭐라고 말한다. 하지만 그 소리를 듣는 사람은 아무도 없다. 곤충 한 마리 보이지 않는다. 소녀가 전하려고 했던 말은 하나하나 알파벳 낱자가 되어 땅으로 떨어진다. 아무리 큰 소리로 외쳐도 아무도 대답하지 않는다. 시간이 흘러 초록 벌판은 황금벌판이 되었지만 여전히 소녀는 혼자다.

하루가 시작되어도 아무런 희망이 보이지 않고 시간이 가면 갈수록 모든 것은 점점 나빠지기만 한다. 세상 밖으로 나가보지만 아무도 이해해주는 사람이 없다. 모두들 서로의 감정을 의식하지 않은 채 각자 자기 길을 갈 뿐이다. 급기야 아무도 없는 바닷가에서 머리에 잠수 헬멧을 쓴 소녀는 병 속에 자신을 가두고 운다. 빗물인지 눈물인지 모를 물이 앉아 있는 소녀의 허리춤까지 차오른다. 그러나 아무리 혼자 울어봐도 '세상은 귀머거리 기계'처럼, '마음도 머리도 없는 기계'처럼 바쁘게 움직이기만 한다.

소녀는 기다리고 기다리고 기다린다. 달라질 것 같지 않은 시간 속에서 묵묵히 기다린다. 게다가 이 외롭고 힘겨운 상황 속에서 감당하기 어려운 폭풍우를 만난다. 아무것도 할 수 없는 상황, 피할 수 없는 끔찍한 운명 앞에서 소녀는 생각한다.

'나는 누구지? 나는 어디에 있지?'

누구 하나 도와줄 사람이 없다고 느끼는 순간, 혼자서는 해결할 수 없는 폭풍우를 만났을 때, 스스로에게 던진 질문은 소녀 안에서 조용히 기다리고 있던 밝고 빛나는 빨간 나무를 발견하게 한다. 그리고 마침내 소녀는 웃는다.

오랜 시간 자신의 감정을 억누르며 살아온 사람은 절망을 경험하는 순간에도 '괜찮아, 잘될 거야' '아자, 다시 해보는 거야' 등 자기최면의 말을 하며 올라오는 감정을 눌러버리고 느끼려 하지 않는다. 하지만 감정에는 에너지가 있다. 특히 욕구가 충족되지 않은 순간에 올라오는 외로움, 불안, 두려움, 근심, 우울, 의심 등 불편한 감정은 가까운 주변 사람에게 상처를 주고, 스스로도 성장하지 못하도록 하는 나쁜 에너지로 가득하다.

그림책 《빨간 나무》는 그동안 느끼기 두려워서 외면했던 감정과 만날 수 있게 도와준다. 그림을 찬찬히 들여다보면 어느새 지난 시간 마음 깊은 곳에 얼려두었던 감정들과 만날 수 있다. 내 안의 불편한 감정은 스스로 용기를 갖고 제대로 느끼기 전에는 사라지지 않는다.

가끔 자기 자신이 두렵다는 이들을 만난다. 스스로를 믿지 못하는 사람, 지나치게 친절하고 필요 이상으로 많이 웃으며 굽실거리는 몸짓을 하는 사람을 만날 때가 있다. 이들과 조금 깊은 대화를 나누다 보면 지난 시간 돌보지 못했던 감정을 쏟아내는 경우를 종종 보게 된다. 이들은 자신의 감정을 솔직하게 표현하지 못한다. 오랜 시간 자신의 감정보다 사람들에게 좋은 느낌을 전해야 한다는 생각을 먼저 하며 살았다. 그러다 보니 타인에게 원만한 사람으로 보일 만한 감정만 표현하며 산다. 자연스럽지 못하고 인위적인 하나의 감정을 선택해서 가면처럼 쓰고 살다 보면, 시간이 지날수록 다른 감정은 점점 굳어진다. 얼핏 보면 친절한 듯하지만 왠지 모를 거리감이 느껴지는 사람들이 바로 그들이다.

인간관계 안에서 진실한 감정을 주고받을 때, 보다 친밀한 관계까지 발전하게 된다. 자신의 불편한 감정조차 온전히 느끼고 돌보지 못하는 사람이 타인의 감정을 느끼고 공감하기는 어렵다. 더군다나 스스로를 속이는 자기기만에 빠져 있기에 관계 속에서 사랑과 신뢰를 경험하는 것은 거의 불가능한 일이다. 자신을 믿지 못하기에 다른 이들의 친절과 사랑도 온전히 믿지 못한다. 믿는 척, 친절한 척을 할 수 있지만 시간이 갈수록 《빨간 나무》의 소녀처럼 공허하고 외롭고 우울한 감정 속에서 급기야 자신이 하찮은 존재라는 절망적인 생각을 하게 된다.

그러나 희망은 있다. 더 이상 아무것도 할 수 없고 누구와도 연결되어 있지 않다고 느낀 그 순간, 마음의 소리가 들리기 시작할 것이다. 어찌할 수 없는 절망의 순간 '나는 누구이며 어디에 있는가?'라고 내면에서 들려오는 물음에 있는 그대로 정직하게 느끼고 답하기 시작할 때, 새로운 길을 발견할 수 있을 것이다.

나는 무엇을 좋아하는가?
무엇을 할 때 뛸 듯이 기쁜가?
무엇이 나를 슬프게 하는가?

내가 누구인지를 알아가는 일은 바로 이렇게 쉬운 질문으로부터 시작된다. 나 자신에게 묻고 답하며 내면에서 들려오는 소리에 귀 기울이기 시작할 때 알게 된다. 내가 어떤 사람인지, 지금 여기에서 왜 이런 모습으로 존재하는지. 그리고 세상이 무너질 듯 커다란 절망 속에 있을지라도 단 하나, 여전히 나를 살리고 있는 그 무언가가 있다는 것을 발견하게 된다.《빨간 나무》의 소녀가 그랬듯이.

세상이 아무리 차갑게 느껴지더라도 그럼에도 불구하고 '밝고 빛나는 모습으로, 내가 바라던 바로 그 모습으로' 당신을 기다리고 있는 빨간 나무가 있다는 걸 기억하자.

- 최근 한 달 혹은 일주일간 당신의 기분을 떠올려보세요. 당신의 기분에 가장 많은 영향을 주는 것은 무엇이고 왜 그런가요?

- 여러 가지 일이 있었음에도 불구하고 당신을 지금, 여기까지 견디게 한 것이 있다면 무엇이고, 왜 그렇게 느끼나요?

- 당신에게 힘과 희망을 주는 '나만의 빨간 나무'가 있다면 어떤 모습일까요? 그 나무에는 어떤 열매들이 달려 있을까요? (상상력을 한껏 발휘해서 당신이 가진 자원과 힘을 주는 주변 사람들 혹은 가치, 신념 등을 담아 마음껏 표현해봅시다.)

- 완성된 나무를 보니 어떤 마음이 올라오나요?

독서는 자신만의 시선과 목소리를 갖게 해주고
보다 높은 차원으로 성장할 수 있도록
안내하는 최고의 도구다.
나는 독서만 한 것을 끝끝내 찾지 못했다.

《책 먹는 여우》
프란치스카 비어만 글·그림 | 김경연 옮김 | 주니어김영사

한 권의 책을
진심으로 읽는 법

초등학생 때부터 청소년 시절까지 내 주변의 어른이라고는 생계를 위해 밤낮없이 일하는 부모님과 학교에서 시험을 위해 흥미 없는 지식을 전해주는 교사가 전부였다. 나에게 세상 밖의 이야기를 전해줄 사람은 단 한 명도 없었다. 부모님과 대화를 나눌 시간은 늘 부족했고, 있다 해도 나의 지적 호기심을 채워줄 만한 이야기는 없었다. 학교도 마찬가지였다. 그런 나에게 책은 내가 사는 곳 너머에는 또 다른 세상이 있음을 보여주었고, 미래에 대해 막연한 환상이 아닌 매우 구체적인 꿈을 품게 해주었다.

특별히 중학교 시절, 매주 한 권씩 읽어야 했던 세계문학은 글 읽는 재미와 함께 어떻게 살아가야 하는가에 대해 생각하게 했다. 내가 아닌 타자와 세상에 대해 성찰할 기회를 가질 수 있었기에 나는 보다 넓고 깊은 시야를 갖게 되었다.

고등학생이 되자 매달 보는 모의고사 준비와 새벽부터 밤늦게까지 자율학습이라는 명목하에 자유가 없는 생활을 했다. 책 읽을 시간을 확보하기 어려웠다. 당시 나는 짬짬이 대학생이던 언니가 읽던 시집을 읽었다. 정호승, 기형도, 황지우, 김지하, 김광규의 시를 읽으며 그 알 수 없는 모호함이 주는 매력에 이끌렸다. 읽어도 읽어도 도무지 뭘 말하는지 완전하고 명확하게 알 수 없었던 그들의 시가 내게는 희망이었다. 머리로는 알지 못했으나 가슴이 느끼고 반응했다. 그래서 시인이 되고 싶었다. 몇 줄의 글로 사람의 마음을 이토록 격양되게 할 수 있다는 것이 너무나 매력적으로 다가왔다.

대학생이 된 직후 아버지가 돌아가셨다. 낭만이라고는 없는 대학 생활을 보냈다. 학업과 아르바이트를 병행하느라 전공서적 읽을 시간도 빠듯했다. 그러나 전공이던 유아교육학과의 책들은 내가 살아온 인생과 살아갈 인생에 대한 답을 주기에 충분했다. 나는 20대 초반에 유아교육을 공부하며 수많은 심리학자와 교육학자를 만났고, 그들의 이론 속에서 나를 새롭게 볼 수 있게 되었고, 부모학교(현재의 '마음성장학교'를 마음속에 품게 되었다)를 세우겠다는 꿈도 가질 수 있었다.

졸업과 동시에 나는 유치원 교사가 되었다. 다시 중고등학교 시절 좋아하던 문학을 읽을 수 있는 시간적 여유를 가질 수 있었고, 읽고 싶은 책을 살 수 있는 경제적 여유도 생겼다. 현실에 발을 담그고 살면서도 항상 정의롭고 이상적인 삶을 꿈꾸며 살아올 수 있었던 것은 책이 있었기에 가능했다.

결혼 후 아이를 낳아 기르면서 아이와 함께 수천 권의 책을 읽었다. 이후 독서논술 교사로 15년간 일하며 매월 20권 가량의 책을 읽었다. 아이들과 함께 나누면 좋은 책, 학부모 상담에 필요한 육아와 자녀교육 책, 독서논술 교육과 관련된 책, 그리고 개인적으로 관심이 가는 책을 읽었다. 책은 여전히 나에게 세상의 모든 지식을 친절하게 안내해주는 교사이자 친구고 멘토다. 끊임없이 책을 읽었기에 나와 같은 직업에 종사하는 이들과는 2% 다른 전문성과 창조력을 갖출 수 있었다.

삶에서 길을 잃었다고 생각하는 순간마다 꼭 맞는 책이 다가왔다. 나는 그 안에서 답을 찾을 수 있었다. 그리고 지금까지 나를 안내해준 책과 저자들에게 감사하며, 나도 나의 삶을 담은 책을 쓰고 있다. 누군가 지식과 지혜를 나눠주었기에 내가 책을 읽을 수 있었고, 삶의 시기마다 필요한 것을 공급받으며 전문가로 성장할 수 있었다. 그리고 인생을 절반쯤 산 지금 나의 글을 쓸 수 있게 되었다.

독일 작가 프란치스카 비어만은 《책 먹는 여우》에서 누구보다 책 읽기를 좋아하는 여우 아저씨를 등장시켜 유머 넘치는 이야기를 들려준다. 여우 아저씨는 책을 너무 좋아해서 다 읽고 나면 소금과 후추를 툭툭, 톡톡 뿌려서 날름 먹어버린다. 책이 많이 갖고 싶어서 집에 있는 가구를 모두 전당포에 맡기고 그 돈으로 사기도 한다. 그러나 하루 세끼 밥을 먹듯 책을 읽고 먹어야 하는 아저씨에게는 너무나 부족했다.

아저씨는 도서관을 발견하고 행복한 마음으로 입맛을 다시며 '쪽쪽 핥아보고 킁킁 냄새도 맡고, 이것저것 몇 쪽을 맛보았다'. 그러다가 입맛에 맞는 책을 찾으면 쓰윽 집으로 가져와서 돌려주지 않았다. 어느 날, 소금과 후추를 뿌려 맛있게 《카라마조프의 형제들》을 먹고 있는데 도서관 사서에게 딱 걸리고 만다. 아저씨는 도서관 출입 금지를 당하고, 하루하루 광고지와 생활정보 신문을 먹으며 버텨보지만 윤기가 나던 털은 푸석푸석해지고 소화불량까지 걸리고 만다. 양서를 읽을 때와는 다르게 몸에 부작용이 난 것이다.

하는 수 없이 뚱뚱이 할머니에게서 빌린 털모자를 쓰고 길 모퉁이 서점에서 24권의 책을 훔쳐 게걸스럽게 먹다가 감옥에 간다. 감옥에서는 물과 빵만 제공되고, 독서는 절대 금지라는 벌을 받는다. 아저씨는 더 이상 살 수 없을 것 같았다.

그런데 그때 기가 막힌 아이디어가 떠오른다. 바로 글을 쓰는 것이다. 아저씨는 교도관에게 종이와 연필을 얻어서 글을 쓰기 시작한다. 그동안 책을 읽으며 알게 된 것들이 연필에서 줄줄 흘러나오는 듯했다. 밤낮없이 글을 썼다. 무려 923쪽이나 되는 아주 재미있는 이야기를 쓰게 된다. 그리고 교도관의 도움으로 책을 출간해 베스트셀러 작가가 된다.

어느덧 아저씨는 대단한 부자가 되었고 책을 맘껏 살 수 있었지만 그러지 않는다. 왜냐하면 자신이 쓴 책이 특별히 더 맛있었기 때문이다.

여우 아저씨는 누구보다 책을 좋아했다. 밥처럼 책을 챙겨 먹어야 했다. 배가 고프다고 아무것이나 먹지 않았다. 좋은 책을 골라 끝까지 읽은 후 자기만의 양념을 뿌려 꿀꺽 먹었다.

독자가 해야 할 일은 자기에게 맞는 양질의 책을 골라 음식을 꼭꼭 씹어 먹듯 제대로 읽고, 자신만의 경험과 지식을 양념처럼 더해 해석하는 것이다. 이런 독서 방식은 각자 삶에 필요한 지혜를 주고, 자기만의 시선을 가진 사람으로 성장하게 해준다.

'그림책 읽는 어른'이라는 프로그램을 진행할 때면 자기 목소리로 솔직하고 정직하게 이야기 나누는 시간이 있다. 가만히 듣고 있으면 모두가 철학자이고 작가라는 것을 새삼스럽게 느낄 수 있다. 즉 세상 어디에도 없는 나만의 감상을 소중하게 여기기 시작할 때, 책을 읽는 독자에서 글을 쓰는 작가로 살 수 있게 된다. 여우 아저씨처럼. 그리고 이 글을 쓰고 있는 나처럼.

누군가가 써놓은 책을 읽고 앵무새처럼 그대로 외워 말하는 것만으로는 성장하지 못한다. 본래 책은 독자와의 만남을 통해 재해석되고, 독자의 삶과 경험·지식을 만나 새롭게 태어나는 것이다. 한 권, 한 권을 자신만의 눈으로 보고 그것에 대해 생각을 토해낼 수 있을 때 비로소 책을 읽는 목적이 달성된다.

궁극적으로 사람이 책을 읽는 이유는 나답게 살기 위해서가 아닌가. 진짜 자기의 모습을 알고 깨달은 사람은 누구나 처음 세상에 나왔을 때처럼 예술가로서의 삶이 회복된다. 그들은 무엇을 읽고 보든지 자기만의 시선을 갖는다. 독서는 나만의 시선, 나만의 목소리를 갖게 해주고, 보다 높은 차원으로 계속 성장할 수 있도록 안내해주는 최고의 도구다. 나는 독서만 한 것을 끝끝내 찾지 못했다.

• 당신은 어떨 때 책을 읽나요?

• 책 읽기가 당신에게 주는 구체적인 유익은 무엇인가요?

- 당신에게 있어서 책을 완전히 먹는다는 것은 어떤
  의미인가요?

- 당신의 인생을 책으로 쓴다면 누구를 위한 어떤 책일까요?

2장

나를
응원하는
페이지

누군가를 용서한다는 것은 상대를 위해서도
어떤 사건을 위해서도 아닌
결국 나를 위한 선택이다.

《아툭》

미샤 다미얀 글 | 요쳅 빌콘 그림 | 신형건 옮김 | 보물창고

용서하면 비로소
보이는 것들

용서는 진정한 '나'로 살기를 희망하는 이들이 거쳐야 하는 중요한 삶의 선택이다. 만일 누군가를 용서하지 않고 가슴 깊이 품고 살면서 지속적인 원망과 분노를 터뜨리고 있다면, 삶의 소중한 시간을 오로지 과거를 생각하는 데에만 쓰는 것이며, 그것 때문에 지금 여기를 살지 못하고 미래의 삶까지도 과거의 그 사람이나 사건에게 주도권을 넘겨주는 것과 같다. 용서하지 않으면 결코 나의 삶을 살 수 없다. 진정 자유롭고 싶다면 용서를 선택해야 한다.

미워하는 누군가를 계속 생각하다 보면 살면서 자신도 모르는 사이에 그 대상을 닮아간다는 말이 있다. 얼마나 끔찍한 일인가. 용서는 해도 되고 안 해도 되는 것이 아니라 반드시 해야만 한다. 그러나 쉽지 않은 일이기에 성경은 "일흔 번씩 일곱 번이라도 용서하라"고 가르친다. 용서는 내면의 힘이 차올랐을 때 비로소 할 수 있는 용기 있는 선택이다. 희생자의 마음으로 원망과 분노에 휩싸여 있으면 끝끝내 할 수 없다. 한 번 용서를 했다 해도 또다시 분노가 올라올 수 있다. 그래서 예수는 일흔 번씩 일곱 번이라도 용서하라고 가르친 것이 아닐까.

용서는 타인을 위한 것이 아니다. 결국 '나'를 위한 선택이며, '나'를 온전히 사랑하고, 누구에게도 휘둘리지 않는 '나'로 살기 위해서는 피할 수 없는 길이다.

용서를 일생의 큰 숙제로 여기며 살아가는 이도 있다. 용서하는 것이 그만큼 어렵기 때문이다. 그러나 그들이 용서를 선택하는 순간이 있다. 복수를 생각하느라 자신을 돌보지 못하고 할퀴는 순간이 반복되면, 몸과 마음이 상한다. 더이상 견딜 수 없는 순간이 오고 그 짐을 내려놓고 싶은 마음이 든다. 결국 과거를 청산하자고 결심하게 되는 것이다.

나는 상담 현장에서 30~50년이 지나도 용서하지 못하는 상처를 가진 이들을 만났다. 오랜 상처는 대부분 그들이 자유롭게 성장하는 것을 막고 있었다. 그 상처는 '나는 ○○한 사람이다'라는 희생자 의식에서 평생 벗어나지 못하게 한다. 이토록 끈질긴 용서의 과정을 표현한 그림책이 있다.

유고슬라비아에서 태어나 현재 스위스에 거주하고 있는 작가 미샤 다미안의 《아툭》은 사랑과 용서에 대해 많은 것을 생각하게 한다. 그림책에서 다루기엔 다소 무거운 주제지만, 1964년 처음 출간된 이래 50년이 훌쩍 넘도록 사랑받고 있는 고전이다. 가만히 읽고 있으면 에스키모 소년 '아툭'의 마음이 그대로 전해온다.

모든 책이 마찬가지겠지만 그림책은 더더욱 읽는 이의 마음 상태에 따라 다르게 읽힌다. 누군가를 용서할 수 없어 힘든 시간을 보내고 있다면 아툭의 마음이 되어 조용한 공간에서 여유를 가지고 읽어보기를 권한다. 한 권의 그림책이 주는 위로와 지혜를 실감하게 될 것이다.

아툭은 다섯 살이 되던 해에 아버지로부터 '타룩'이라는 썰매 개 한 마리를 선물로 받는다. 둘은 서로 마음을 나누는 든든한 동무이자 재미있는 놀이 친구가 되어 행복한 나날을 보낸다. 그러던 어느 날, 아툭은 사냥을 떠나는 아버지에게 타룩을 데리고 가달라고 부탁한다. 타룩이 떠난 후, 아툭은 튼튼하고 참을성 많은 좋은 개가 되어 돌아왔으면 하는 바람으로 몇 달을 기다린다. 그러나 사냥에서 돌아온 아버지로부터 타룩이 푸른 늑대에게 물려 죽었다는 이야기를 듣게 된다. 아툭은 슬픔에 차서 늑대를 죽이겠다고 말한다.

하지만 아직 다섯 살밖에 되지 않은 어린아이였기에 아버지의 말대로 키가 동산 위 자작나무의 두 배가 될 때까지 창과 활을 가지고 연습한다. 또 썰매와 카약을 타는 법도 익히며 누구보다 크고 힘이 센 사냥꾼이 되어간다.

그렇게 복수를 위한 준비가 다 되었을 때 들판으로 나간 아툭은 우연히 한 마리의 푸른 여우를 만난다. 여우는 아툭이 다가가도 달아나지 않았다. 이상했다. 이유를 묻자 여러 해 동안 사냥꾼을 따돌리고 승자가 되었지만 늘 혼자였는데 지금은 밤하늘 저 높은 곳에서 반짝이는 큰 별과 친구가 되어 행복하다고 했다.

아툭은 여우의 말을 듣고 그를 사냥할 수 없었다. 자신과 닮은 외로운 모습을 보며 뭔지 모를 마음의 변화가 느껴졌다. 친구 하나 없이 오로지 복수하겠다는 마음 하나로 지금껏 달려온 자신의 모습을 비로소 되돌아볼 수 있었기 때문이다.

그러나 푸른 늑대를 찾아 죽이겠다는 결심은 여전했다. 그리고 어둡고 캄캄한 툰드라를 헤매던 끝에 마침내 늑대를 찾아내 기어이 죽인다. 그런데 어찌 된 일인지 조금도 기쁘지 않았다. 사랑하던 타룩이 죽고, 그토록 오랜 시간 동안 증오하며 복수를 꿈꿔왔는데 늑대를 죽인 지금 아툭은 오히려 마음이 더욱 슬퍼졌다.

늑대를 죽여도 아무것도 달라지는 것은 없었다. 오히려 깊은 슬픔에 빠져들었다. 놀지도 쉬지도 않고 오로지 훌륭한 사냥꾼이 되기 위해, 복수를 위해 살았는데 자신에게 남은 것은 아무것도 없었다.

툰드라에 눈이 녹고 여름이 찾아왔지만 아툭의 마음은 여전히 슬프기만 했다. 그런데 이따금씩 밤하늘에 떠 있는 별과 친구가 되었다던 푸른 여우의 고요한 모습이 떠오르곤 했다. 아툭은 푸른 늑대를 죽이는 일에만 신경 쓴 나머지 단 한 명의 친구도 가질 수 없었다.

그러던 어느 날, 아툭은 자기 앞에 피어 있는 한 송이 꽃을 본다. 외로운 자신과 닮은 꽃과 대화를 나누다가 자기도 모르게 손에 쥐고 있던 창을 스르르 놓아버렸다. 그리고 꽃을 보살펴주고 아끼고 사랑하겠노라 결심한다. 아툭은 사랑이 가득한 속삭임을 꽃에게 보내며 그 앞에 가만히 무릎을 꿇었다.

나는 이 사랑 고백에서 용감한 사냥꾼 아툭의 연약함을 보았다. 누군가에게 기대고 싶은 마음, 돌봄을 받고 싶은 마음, 함께하고 싶은 간절한 마음이 느껴졌다. 아툭은 아마도 어린 시절 타룩과 함께였을 때처럼 지내고 싶지 않았을까.

이렇듯 진정한 용서를 경험하면 '나'를 넘어 세상에 대한 관심과 사랑이 회복된다. 무엇보다 이전과는 다른 새로운 인생을 살게 된다. 활력이 넘치며 사는 게 재미있어진다. 일흔 번씩 일곱 번이라도 용서하고 또 용서하다 보면 아무리 힘든 기억일지라도 그만 포기하고 항복하고 말 것이다.

용서는 사랑의 다른 이름이다. 용서함을 통해 사람은 자신과 세상을 진정으로 사랑하게 된다. 이렇게 될 때 비로소 나다운 삶이 시작된다. 용서는 용기 있는 자만의 특권이다.

마음에게 하는 질문

- '지금 여기'의 삶에 어떤 식으로든 영향을 주는 특정한
  시기나 장소, 사람이 있나요?

- 그 일이 일어났을 때 당신은 어떻게 반응했나요?
  그리고 그 결과는 어땠나요?

- 만약 1퍼센트라도 당신에게 책임이 있다면 무엇인가요?

- 당신의 삶을 위해 어떤 선택을 하고 싶은가요?
  당신은 모든 것을 선택할 수 있습니다.

용기는 나를 지키는 힘이다.
수많은 세상의 잣대로부터 나를 지키는 힘
스스로 선택한 대로 살아내는 힘
그 힘은 자신을 믿는 데서 나온다.
즉, 용기와 신뢰는 함께할 때 더욱 빛난다.

《야쿠바와 사자 1 : 용기》《야쿠바와 사자 2 : 신뢰》

티에리 드되 글·그림 | 염미희 옮김 | 길벗어린이

선택하지 못할
순간은 없다

살다 보면 누군가와 적대 관계에 놓이는 순간이 있다. 나 역시 몇 번의 경험을 가지고 있다. 끔찍했던 순간, 먼저 물지 않으면 물려서 죽게 될 것만 같았던 기억, 정작 물려고 달려들기에 당시 나는 너무나 약했다. 신체적·정신적·경제적으로 뭐 하나 내세울 것이 없었다.

두려움에 떨고 있던 나에게 사람과 사람 사이의 관계에 대해 새롭게 생각하게 해준 책이 있다. 프랑스 작가 티에리 드되의 《야쿠바와 사자》 시리즈다. 1권 '용기'는 1994년에 출간되었고 13년 후 2007년에 2권 '신뢰'가 나왔다. 재미있게도 2권은 실제로 1권으로부터 13년이 흐른 후의 내용을 담고 있다.

아프리카 작은 마을에 북이 울리고 전사가 될 소년을 가려

내는 축제가 벌어진다. 전사가 되려면 모두에게 용기를 보여야 한다. 누구의 도움도 받지 않고 홀로 사자와 맞서야 한다. 야쿠바는 전사의 용기를 보여주기 위해 사자를 찾아 무섭게 내리쬐는 햇빛 아래를 걷고, 골짜기를 건너고, 언덕을 넘었다.

야쿠바처럼 고독하고 외롭고 두려운 시간을 홀로 견뎌낸 사람은 자신을 신뢰하고 믿을 수 있는 용기가 생긴다. 아무것도 의지할 것이 없는 순간 내면의 직관과 울림을 따라 반응하는 것이다.

마침내 초원에 도착한 야쿠바는 두려움 속에서 기다리고 또 기다린다. 그때 갑자기 사자가 나타나 삼켜버릴 듯 크게 입을 벌리고 포효한다. 피할 수 없는 공포의 순간, 야쿠바는 사자가 피를 흘리고 있는 것을 발견한다. 그리고 사자와 눈이 마주친다. 사자의 눈동자는 피 흘리는 자신을 손쉽게 물리치고 전사로 인정받든지, 아니면 자신을 살려주고 고귀한 마음의 어른이 될 것인지 묻고 있다.

어느덧 공포는 사라지고 걱정이 시작된다. 피 흘리는 사자를 죽여 뛰어난 전사로 인정받을 것인가, 아무도 알아주지는 않겠지만 스스로 떳떳하고 고귀한 마음을 가진 어른이 될 것인가. 결국 야쿠바는 쓰러져 있는 사자를 놓아두고 마을로 돌아간다. 야쿠바의 이런 선택을 알지 못하는 마을 사람들은 그의 빈손을 보고 싸늘한 침묵에 휩싸인다. 그날 야쿠바의 친구들은 모두가 우러러보는 전사가 된다. 반면 그에게는 마을 외딴 곳에서 가축을 지키는 일이 맡겨진다.

세상의 찬사보다 스스로 만족하는 길을 가는 것은 진정 자존감이 높은 사람만이 할 수 있는 '거룩한 선택'이다. 야쿠바의 선택으로 지금껏 마을을 습격해오던 사자들의 발길이 끊어진다. 그가 속한 부족 전체에 평안을 가져다준 것이다.

시간이 흘러 마을에 오랫동안 가뭄이 든다. 사람도 동물도 굶주림을 견디지 못해 죽어간다. 사자의 왕 키부에는 사냥감을 구하기 위해 할 수 없이 사람들이 사는 마을로 향한다. 모든 사자들이 그를 뒤따랐다. 그런데 그곳에 몇 마리 남지 않은 물소를 지키고 있던 한 남자가 있었다. 둘은 단박에 서로를 알아본다. 비쩍 마른 모습의 맹수는 물소를 간절히 원한다. 하지만 남자는 손으로 분명한 신호를 보낸다. 사자를 도울 수 없다는 뜻이다.

남자에게는 부족을 지켜야 하는 의무가 있다. 목숨을 걸고라도 사자와 맞서야 했다. 그러나 이는 사자왕 키부에도 마찬가지다. 모든 사자들이 키부에를 지켜보고 있다. 야쿠바와 키부에는 무거운 책임을 짊어진 것이다.

임무와 임무가 맞붙자 물러설 수 없는 결투가 시작된다. 하지만 둘은 서로 싸우는 시늉만 할 뿐 키부에는 발톱을 세워 공격하지 않고, 야쿠바도 창을 제대로 찌르지 않는다. 날이 밝도록 거짓 싸움은 계속된다. 서로를 이기고 싶지 않고 죽이고 싶지 않다. 둘 다 서로를 살려두기로 결심한 듯하다. 싸움을 지켜보던 사자들은 사자의 왕과 저렇게 치열하게 맞서는 인간이란 얼마나 사나운가, 라고 말하며 그곳을 떠난다.

야쿠바와 키부에는 힘을 모조리 써버려 꼼짝할 수 없는 상태에서 서로를 깊이 존경하는 마음으로 하나가 된다.

이들의 다툼은 겉으로 보기에는 분명 생사가 걸린 치열한 것이다. 하지만 둘은 공동체 속에서의 역할과 임무를 수행하면서도 포기할 수 없는 서로의 가치를 지켜주고 있다. 조금이라도 방심하면 누구 하나가 죽을 수도 있는 상황, 어떻게 그 두려움을 넘어 서로를 완벽하게 신뢰할 수 있었을까. 서로 지쳐 쓰러질 때까지 신뢰를 유지하며 거짓 싸움을 하는 장면은 참여한 그들에게는 서로에 대한 존경의 마음을 갖게 했고, 바라보는 사자들에게는 두려움을 갖게 하기에 충분했다.

날이 밝아왔을 때, 사람들 소리가 났고 키부에는 그곳을 떠난다. 야쿠바는 무슨 일인지 묻는 이들에게 단지 친구가 다녀갔다고 말한다.

임무와 임무를 넘어선 고귀한 생명의 가치를 아는 존재와 존재의 만남, 서로에 대한 완벽한 신뢰가 만들어내는 아름다운 결투는 경외심마저 들게 한다. 이 모습에서 진정한 용기와 신뢰는 하나라는 것을 느낀다.

용기는 나를 지키는 힘이다. 세상의 잣대로부터 나를 지키는 힘, 스스로 선택한 대로 살아내는 힘, 그 힘은 자신을 믿는 데서 나온다. 즉, 용기와 신뢰는 함께할 때 더욱 빛난다. 신뢰를 끝까지 유지하는 데는 용기가 필요하다. '버림받아도 괜찮아' '손해봐도 어쩔 수 없지' 하는 마음이 있어야 가능하다.

적대적인 관계 속에서 먹느냐 먹히느냐, 먼저 공격할 것인가 물러서서 달아날 것인가에 골몰하던 나는 '서로를 믿는 완벽한 신뢰'가 만들어낸 아름다운 결투를 보면서 참 많은 것을 느꼈다. 삶의 어떠한 순간에도 인간은 스스로 고귀해지는 선택을 할 수 있다는 것, 그리고 그 가치를 어떻게 지켜나가야 하는지 배웠다.

- 공동체 안에서 임무와 개인의 신념이 부딪칠 때 어떤 선택을
해야 할까요?

- '전사가 되는 것'과 '물소를 지키는 일'은 어떤 차이가
있다고 생각하나요?

- 아무런 선택을 할 수 없는 것처럼 느껴지는 순간이
  오더라도, 냉정하게 따져보면 여전히 선택할 수 있는
  자유가 있습니다. 현재 당신의 삶에서는 어떤 것이
  스스로를 위해 보다 고귀한 선택일까요?

- 당신의 삶에서 끝까지 지키고 싶은 가치는 무엇인가요?

아무것도 가진 것이 없어도
자신이 있는 그 자리에서 좋아하는 것을 선택하고
그 일을 즐겁게 해내는 사람들이 있다.
이들은 자신이 다른 무엇과도 대체 불가능한
소중한 존재라는 것을 안다.

《리디아의 정원》

사라 스튜어트 글 | 데이비드 스몰 그림 | 이복희 옮김 | 시공주니어

어떤 상황에서도
주인공으로 사는 삶

세상에는 잠시 곁에 있기만 해도 기운이 나게 해주는 사람이 있는가 하면, 잠깐을 함께 있어도 있던 기운마저 고갈되게 하는 사람이 있다. 물론 사람은 누구나 두 가지 모습을 다 가지고 있기에 나 역시 부정적인 상태일 때는 때때로 타인에게 마이너스 기운을 전달하지 않았을까 싶다.

부부 작가 데이비드 스몰과 사라 스튜어트가 함께 작업한 그림책 《리디아의 정원》에 등장하는 '리디아'는 바라보기만 해도 기분이 좋아지는 그런 아이다. 나는 이 책을 읽으면서 '나도 저런 사람이 되고 싶다'라고 몇 번이나 생각했다.

리디아는 농장에서 엄마, 아빠, 할머니와 함께 살며 채소와 꽃을 가꾸는 일에서 행복을 느끼는 아이다. 어느 날, 할머니로부터 집안 형편이 안 좋아졌으니 형편이 나아질 때까지 도시에서 빵집을 하는 외삼촌댁에 가서 살면 어떻겠느냐는 말을 듣는다. 리디아는 침울한 얼굴로 짐을 챙긴다. 그리고 외삼촌에게 집안의 어려움을 알리는 편지를 정직한 문장으로 써내려간다. 편지의 말미에는 "저는 작아도 힘이 세답니다"라며 뭐든 할 수 있는 일은 거들겠다는 말로 처음 만날 외삼촌에게 자기를 소개한다.

작은 시골 기차역에서 가족과 헤어지던 날, 리디아는 두 번째 편지를 띄운다. 원예는 잘 알지만 빵은 전혀 모른다고, 하지만 굉장히 배우고 싶다고. 그리고 자신을 '리디아 그레이스'라고 불러줄 것을 부탁한다. 매일 보던 가족과 떨어져 낯선 외삼촌댁에 일손을 도우러 가는 길이지만, 리디아는 조금도 기죽지 않고 자신에 대해 당당히 말한다.

엄마가 젊었을 때 입던 옷을 줄여 만들어준 원피스를 입고도 불평하기보다는 엄마의 추억이 묻은 옷을 입게 된 것에 감사하고, 도리어 엄마가 속상해하지 않을까 걱정한다.

떠나던 날, 기차역에서 차마 리디아의 얼굴을 볼 수 없어 뒤돌아 서 있던 아빠를 위해 그가 해줬던 우스운 이야기를 기억해낸다.

이처럼 홀로 기차를 타고 가는 낯선 길이 두렵기도 했을 텐데 리디아는 오히려 어른들을 안심시킨다. 그런데 리디아의 얼굴을 가만히 들여다보면 그 모든 말과 행동이 조금도 억지스럽지 않다. 한마디로 애써서 한 것이 아니다. 눈치를 보거나 착한 척을 위해 하는 빈말이 아니라 리디아 자체가 그런 아이라는 것이 너무나 느껴진다.

거대한 기둥과 높은 천장이 무섭게 느껴지는 회색빛 기차역에 드디어 도착한 리디아. 그 작고 여린 소녀의 마음은 어땠을까? 먼 길을 찾아온 조카를 보고도 웃을 줄 모르는 외삼촌을 만났을 때는 또 어떤 마음이었을까? 높은 빌딩이 다닥다닥 붙어 있고 자동차가 많은 도시 길가의 빵집에서 살게 되었을 때는 어땠을까?

그러나 리디아는 외부의 조건이 어떻든 그 안에서 늘 자신이 할 수 있는 일과 누릴 수 있는 행복을 찾아냈다. 그리고 그 행복은 리디아 곁에 있는 이들에게도 전해지기 시작한다.

절대로 웃지 않는 외삼촌 앞에서도 리디아는 주눅 들지 않고 마음을 담은 아주 긴 시를 지어 선물한다. 외삼촌은 여전히 웃지 않았지만 소리를 내 시를 읽고, 셔츠 주머니에 넣는다. 리디아는 그 모습을 보고 기뻐한다.

또한 빵집에서 일하는 엠마 아주머니에게는 라틴어로 꽃이름을 가르쳐주고 빵 만드는 법을 배운다.

어느새 리디아는 이곳에 잠시 더부살이를 하러 온 아이가 아닌 주인공으로 살아가고 있었다. 곧이어 리디아가 자신만의 '비밀 장소'에 대한 이야기를 하는 장면이 나오는데, 나는 잔뜩 들떠 있는 리디아를 보며 기대감을 가지고 책장을 넘겼다. 비밀 장소라니 과연 어떤 곳일까. 그런데 눈앞에 보이는 장면은 도심의 흔한 빌딩 옥상으로 잡동사니와 쓰레기가 여기저기 흩어져 있고 무심히 바라보는 비둘기 몇 마리가 있을 뿐이었다. 아무것도 없는 공간을 자기만의 공간으로 바꿔나갈 것을 기대하며 들떠 있는 리디아를 보며 그와 나의 삶의 방식이 참 많이 닮았다는 생각을 했다.

그렇게 가을, 겨울이 지나고 봄이 오자 평범했던 삼촌의 빵집은 빵을 사러오는 손님과 리디아가 가꾼 꽃으로 가득 찼다. 거리의 걸인도 꽃향기를 맡으며 미소 짓는다. 꽃을 사랑하는 작은 소녀가 만들어낸 변화였다.

리디아는 미국의 독립기념일인 7월 4일에 가게 문을 닫은 후, 다섯 달 동안 공들여 만든 옥상 정원을 삼촌에게 보여준다. 늘 무뚝뚝하던 외삼촌은 리디아를 위해 꽃으로 뒤덮인 케이크를 선물한다. 그 순간 리디아는 외삼촌이 천만 번 웃은 것보다 큰 의미를 전달받는다.

리디아의 아빠가 취직이 되어 다시 집으로 돌아가는 날, 기차역에서 외삼촌은 리디아를 꼭 안는다. 작은 아이와 키를 맞추기 위해 기차역 바닥에 무릎을 꿇고 있는 외삼촌. 리디아가 그동안 그의 마음에 얼마나 큰 위로와 사랑을 전해주었는지 그대로 느껴진다.

세상에는 리디아처럼 가진 것이 없어도, 자랑할 것이 없어도, 스스로를 부끄럽게 생각하지 않고, 자신이 있는 그 자리에서 좋아하는 것을 선택하고 즐겁게 해내는 이들이 있다. 이들은 자신이 다른 무엇과도 대체 불가능한 소중한 존재라는 것을 안다.

반면에 많은 것을 가지고 있으나 늘 부족함을 느껴 쫓기듯 살아가는 사람도 있다. 늘 다른 사람과 자신을 비교하며 만족하지 못한다. 마음에는 불편이 가득하다. 과거는 후회가 되고 미래도 그저 불안할 뿐이다. 이런 이들은 타인도 힘들게 한다. 그들의 부정적인 감정이 함께하는 순간을 지배하기 때문이다.

삶에서 어떤 주인공이 될지는 선택하기 나름이다. 리디아처럼 있는 그대로 세상을 바라보고, 그 안에서 자신의 몫을 찾아, 행복한 기운을 세상에 전해보는 것은 어떨까.

• 리디아는 어떤 아이라고 느껴지나요?
  그리고 왜 그렇게 생각하나요?

• 현재 당신의 삶에서 경험하고 있는 원치 않는 일이 있다면
  무엇인가요?

- 그럼에도 불구하고 그 일은 당신에게 어떤 감사(혹은 교훈)를 남길 것 같은가요?

- 당신이 당장 할 수 있는 것 중, 스스로도 행복하고 다른 사람도 행복하게 할 수 있는 일은 무엇일까요?

• 그 모습을 맘껏 상상해서 글 또는 그림으로 표현해보세요.

이들은 자기들이 원하는 삶이 어떤 것인지 알았다.
작은 오두막이지만 좋아하는 집에서
마음 놓고 살아가는 것.
이것을 위해서 포기하지 않고
끈기를 가지고 될 때까지 지혜를 구하고 행했다.

《밍로는 어떻게 산을 옮겼을까?》
아놀드 로벨 글·그림 | 김영진 옮김 | 길벗어린이

마음먹기로
산 옮기기

살아가면서 만나는 수많은 어려움을 '산'이라고 가정해보자. 반드시 옮겨야 한다고 생각하는 산을 늘 곁에서 마주하고 살아간다면 어떨까? 생각만 해도 가슴이 콱 막혀온다. 특히나 노력으로 해결될 수 없는 문제라면? 혼자 힘으로 아무리 애를 써도 치울 수 없는 산이라면?

재미있는 이야기 속에 깊은 지혜를 담아 전해주는 작가 아놀드 로벨은 중국의 고사 '우공이산愚公移山'을 새롭게 패러디한 그림책《밍로는 어떻게 산을 옮겼을까?》에서 이에 대한 해법을 제시한다.

우공이산은《열자列子》의〈탕문편湯問篇〉에 나오는 말로 다음과 같은 이야기를 가지고 있다.

중국 북산에 우공이라는 아흔 살 된 노인이 살고 있었다. 노인의 집 앞에는 넓이가 700리, 높이가 만 길이나 되는 태행산과 왕옥산이 가로막고 있어 생활하는 데 무척 불편했다. 어느 날 노인은 가족들에게 두 산을 옮기자고 말한다. 가족들은 처음에 이 황당한 계획에 반대했지만 노인이 뜻을 굽히지 않자 결국 함께 산을 옮기기 시작한다. 우공과 아들, 손자가 산에서 퍼 담은 흙을 지게에 지고 발해 바다에 갔다 버리고 돌아오는 데 꼬박 1년이 걸렸다. 이 모습을 본 이웃사람들은 어차피 얼마 살지도 못할 텐데 산을 옮겨 뭐하느냐고 비웃었지만 우공은 뜻을 굽히지 않았다. 자신이 죽으면 아들이, 아들이 죽으면 손자가 계속할 것이라고 말하며 언젠가 반드시 길이 날 것을 믿었다. 이 말을 들은 산신은 큰일이 났다고 생각해 상제에게 산을 구해달라고 호소한다. 이에 상제는 두 산을 각각 멀리 삭 땅 동쪽과 옹 땅 남쪽으로 옮겼다.

언뜻 무모한 도전으로 보인 노인의 계획이었으나 그 속에는 이후 세대를 배려하는 깊은 지혜가 담겨 있었던 것이다. 당장 눈앞에 이익이 보이지 않더라도 타인을 위해서 포기하지 않고 우직하게 끝까지 노력한 사람이 결국 상제의 마음을 움직여 세상을 바꾼다는 것을 보여준다.

그렇다면 그림책 《밍로는 어떻게 산을 옮겼을까?》에서는 어떻게 산을 옮겼을까?

밍로는 커다란 산 밑에서 아내와 함께 사는 남자다. 두 사람은 집에 대해서는 참 만족하지만 산은 좋아하지 않는다. 산에서 툭하면 크고 작은 돌덩어리가 굴러 떨어져서 지붕에 구멍이 뻥뻥 뚫렸기 때문이다. 또 산꼭대기에 낀 구름에서 비가 억수같이 쏟아지면 뚫린 구멍으로 비가 들어왔다. 집은 산그늘에 가려 늘 춥고 눅눅했으며 꽃이나 풀도 자라지 못했다.

어느 날 밍로의 아내는 산을 옮기자고 말한다. 그러나 방법을 모르기에 부부는 마을의 지혜로운 노인을 찾아가기로 한다.

여기서 잠깐, 밍로와 그 아내의 성격을 살펴보자. 밍로는 자신이 사는 집에 돌이 떨어져 구멍이 나고 비가 들어와도 그저 바라만 보는 우유부단한 사람이다. 그의 아내는 이런 남편을 타박하지 않고 함께 해결할 방법에 대해 생각한다. 또 자신들의 지혜가 부족함을 인정하고 도움을 요청하려 한다.

세상에는 세 종류의 사람이 있다. 첫 번째 사람은 모르는 것이 있을 때 지혜로운 누군가에게 묻고 그가 알려준 방법을 그대로 따라 한다. 설사 그것이 자신의 상식으로는 이해할 수 없을지라도 묵묵히 가르쳐준 대로 행한다. 최대한 시행착오나 고생 없이 문제를 해결할 수 있다는 장점이 있다.

두 번째는 스스로 책을 보거나 자료를 분석해 해결책을 찾는 사람이다. 시간은 오래 걸리지만 그 역시 누군가의 경험을 통해 배운 것이기에 실패를 줄일 수 있다.

세 번째는 누구의 말도 듣지 않고 오직 자신의 생각을 믿으며 혼자 해보려고 애쓰는 사람이다. 이들은 직접 경험을 통해 배운다. 자기가 알고 경험하지 않으면 믿지 않기에 새로운 문제를 해결하기 위한 고생은 당연한 것이다. 그러다 때로는 전혀 다른 방향을 헤매다가 세상을 원망하고 포기할 확률도 있다.

밍로와 아내는 어리석어 보이지만 자신들이 모른다는 것을 알았고, 지혜 있는 자를 찾아가서 그의 말을 듣고 실행에 옮겼다. 이들은 첫 번째 유형의 사람이다.

마을에서 가장 지혜로운 노인은 집 근처에서 가장 크고 굵은 나무를 베어 내서 산에 대고 힘껏 밀어붙여 보라고 알려준다. 부부는 곧바로 실천했지만 통나무는 부러지고 산은 손톱만큼도 밀리지 않았다.

다시 노인에게 찾아가자 이번에는 집으로 돌아가 솥과 냄비를 죄다 꺼내서 양손에 숟가락을 한 개씩 들고, 있는 힘껏 두드리며 목이 터져라 고함을 치면 산이 겁을 먹고 도망갈 거라고 한다. 그러나 이번에도 역시 산은 꿈쩍도 하지 않았다.

다시 노인을 찾아가자 이번에는 빵과 떡을 많이 만들어 산 꼭대기에 사는 신령님께 가져다드리면 기뻐하며 소원을 들어줄 거라고 한다. 부부는 음식을 가지고 산꼭대기로 가는 비탈길을 오른다. 그러나 그만 거센 바람이 몰아쳐서 음식이 다 날아가 버리고 만다.

마지막으로 노인을 찾아가자 이번에는 집을 모두 뜯어내 그 조각을 한데 모으고, 살림살이도 챙기고, 노끈과 밧줄로 묶어서 머리에 이고 산을 옮기는 춤을 추라고 가르쳐준다. 산을 마주 보고 선 후 눈을 감고 왼발을 오른발 뒤로 옮기고, 오른발을 왼발 뒤로 옮기고, 이 춤을 몇 시간이고 계속 반복하면 산이 멀리 옮겨져 있을 것이라고 한다. 부부는 정말 이상한 춤이라고 생각했지만 눈을 감은 채 몇 시간이고 춤을 추었다. 한참 뒤 그들이 눈을 떴을 때는 산이 저 만큼 멀리 있었다.

둘은 기뻐하며 짐을 풀고 다시 집을 지었다. 그곳은 탁 트인 하늘이 보이는 햇볕 잘 드는 장소였다. 부부는 조그맣게 멀어진 산을 보며 뿌듯해했다.

밍로에게 산을 옮길 수 있는 방법을 알려준 노인은 마을에서 가장 지혜롭다고 알려진 인물이다. 그러나 상식적으로 그의 해결 방법은 하나같이 우스꽝스럽기 그지없다. 일반적인 사람이라면 절대 실행에 옮기지 않았을 것이다. 그러나 밍로 부부는 노인이 가르쳐준 그대로를 믿고 행동으로 옮긴다. 잘 되지 않아 실패했을 때도 노인을 원망하거나 욕하지 않고, 다시 찾아가 좀 더 간절한 마음으로 도와줄 것을 구한다.

"아는 것을 안다고 하고 알지 못하는 것을 알지 못한다고 하라. 그것이 곧 아는 것이다"라는 논어의 말처럼 밍로 부부는 자신들이 알지 못하는 것을 인정하고 지혜를 구한 것이다.

노인의 지혜는 절묘했다. 그는 밍로 부부가 그 집을 좋아하는 것을 알고 그들 스스로의 힘으로 할 수 있는 모든 것을 시도하도록 안내한다. 힘을 써보기도 하고, 시끄러운 소리를 동원해 악을 쓰기도 하고, 솜씨를 발휘하기도 하며 그들의 마음이 한껏 간절해졌을 때, 좋아하는 집을 뜯어서 산을 옮기는 방법을 알려준다. 게다가 이 방법을 실행할 때에는 눈을 감고 해야 한다. 좋아하는 집을 처음부터 뜯어서 지고 춤을 추라는 말을 알려줬다면 어땠을까? 지혜로운 노인은 아무리 긴급한 일일지라도 가르침에는 단계가 있다는 것을 보여준다. 그는 도움을 청하러 온 이들이 가진 지혜와 의식의 높이에 맞는 가르침을 준 셈이다.

밍로 부부는 큰 지혜는 없지만 자신들이 원하는 삶을 정확히 알았다. 작은 오두막이지만 이곳에서 마음 놓고 살아가는 것. 이것을 위해 포기하지 않고 끈기를 가지며 될 때까지 지혜를 구하고 행했다. 그리고 마침내 그렇게 됐다.

그러나 세상에는 자신이 진정 원하는 것이 무엇인지 모른 채 사회가 요구하는 역할을 수행하는 데 모든 것을 걸고 분주하게 살아가는 이들이 많다.

다시 우공이산으로 돌아가 보자. 감당할 수 없는 산을 옮겨야 할 때, 먼저 내 옆에는 누가 있는가 살펴보자. 더 이상 혼자 애쓰지 말자. 또 잘되지 않는다고 곁에 있는 가족에게 원망과 분노로 표현하지도 말자. 가족은 어떤 순간에도 사랑과 협력의 대상이지 싸움의 상대가 아니다. 밍로와 그의 아내처럼 부족하더라도 서로 의지하고 구하고 찾고 두드릴 때, 진정 원하는 삶을 살고 있는 '나'를 만나게 될 것이다.

• 당신의 삶에서 옮기고 싶은 산이 있다면 무엇인가요?

• 그 산이 사라지면 당신은 어떤 상태가 될까요? 그 모습을
그려보세요. 특정한 사물이나 생물에 비유해도 좋습니다.

- 산을 옮기기 위해 제일 먼저 무엇을 하면 좋을까요?

- 질문에 답하면서 어떤 기분이 들었나요? 혹은 어떤 통찰이 있었나요?

나의 장점과 단점, 빛과 그림자를
모두 다 수용하고 사랑하기 시작하면
내 안에 있는 수많은 마스크가 보이기 시작하고
필요한 순간 상황에 맞는 마스크를 사용할 수 있게 된다.

《치킨 마스크》

우쓰기 미호 글·그림 | 장지현 옮김 | 책읽는곰

나는 왜
나로 태어났을까?

'사람들은 저마다 재능이 담긴 그릇을 가졌다. 하지만 내 그릇은 텅 비었다. 나한테는 아무것도 없다. 나는 왜 나로 태어났을까?'

《치킨 마스크》의 주인공 '치킨 마스크'는 이런 생각을 자주 한다. 자신은 올빼미 마스크처럼 공부를 잘하는 것도 아니고, 햄스터 마스크처럼 만들기도 못하며, 장수풍뎅이 마스크처럼 운동에 소질이 있는 것도 아니라며 푸념을 늘어놓는다. 게다가 리코더도 못 불고 친구들과 함께 노래 연습이라도 하는 날에는 음정이 안 맞는 자신의 목소리 때문에 머리가 깨질 것 같아 한다.

급기야 자신은 뒤처지고 방해만 하는 부족한 아이, 없는게 나은 아이라고 단정 짓는다. 치킨 마스크는 누구도 자신을 좋아하지 않을 거라는 생각을 하며 운동장 구석에 있는 나무 동산으로 간다. 그곳은 슬픈 일이 있을 때마다 찾아가는 비밀 장소다. 거기에서 치킨 마스크는 작고 예쁜 꽃에게 물을 주고 나무에 기대 마음을 가라앉히고 쉰다.

하지만 마음 깊은 곳에서는 여전히 스스로를 비난하고 하찮게 여기는 목소리가 들려온다. 그때였다. 슬픈 얼굴로 앉아 있는 치킨 마스크의 주위에 그동안 그가 부러워하던 온갖 마스크가 놓여 있었다. 다시 태어날 수 있는 기회일지도 모른다는 생각에 그는 마스크를 하나하나 써보았다. 공부를 잘하는 올빼미 마스크, 만들기를 잘하는 햄스터 마스크, 힘이 센 장수풍뎅이 마스크, 성실한 토끼 마스크까지 다 써보았지만 자신이 뭐가 되고 싶은지 알 수 없었다.

멍하니 서 있는 치킨 마스크에게 작고 예쁜 꽃이 속삭인다. 네가 사라지면 누가 물을 주겠느냐고, 그러니까 다른 마스크가 되지 말라고 말이다. 꽃의 말에 치킨 마스크는 그토록 쓸모없는 존재라고 느끼던 자신에 대해 다시 생각한다.

《치킨 마스크》의 작가 우쓰기 미호는 일본의 초등학교 교사다. 그는 자신의 장점은 모른 채 남과 비교하고 자신감을 잃어가는 치킨 마스크 같은 아이들이 많다는 것을 알게 되었다. 그런 친구들에게 사람은 누구나 단점보다 장점이 더 많으며, 어떤 사람이든 필요하니까 태어난 것이라는 메시지를 전하기 위해 이 책을 펴냈다고 한다.

  심리학자 칼 구스타브 융은 사람이 내세우는 '자아'와 감추고 수치스럽게 생각하는 '그림자'는 같은 원천에서 만들어지고 서로 정확히 균형을 이룬다고 말한다. 그의 이론에 따르면 자아의 빛을 밝히는 것은 곧 그림자를 만드는 것이며, 다른 하나가 없으면 한쪽도 존재하지 못한다. 즉, 스스로 외면하고 있는 어두운 부분, 부끄럽게 생각하는 자신의 그림자를 수용해야만 온전한 자아와 만날 수 있게 된다는 것이다.
  스스로 '없는 게 나은 아이'라고 생각한 치킨 마스크는 작은 꽃에게 받은 인정의 말을 통해 자신을 수용하게 된다. 그러자 마음속 빈 그릇에 무언가 차오르는 것 같은 뿌듯함을 느낀다. 비로소 온전한 '나'를 회복한 것이다.

  나 역시 치킨 마스크처럼 아무것도 잘하는 것이 없고, 모두가 다 나를 싫어할 거라는 생각이 들던 때가 있다. 그때 가장 위로가 된 것은 '지금 그대로의 너도 괜찮아'라고 말해주는 친구의 한마디였다. 세상 누구도 나를 필요로 하지 않는 것 같

은 상황 속에서도, 나를 알아주는 단 한 사람이 있다는 것. 그
것이 바로 나를 사랑할 수 있게 되는 씨앗이 되었다.

치킨 마스크는 그동안 부러워하던 온갖 마스크 다 써보며
그때마다 마스크의 원래 주인들처럼 실력이 높아지는 경험을
하지만, 결국 익숙한 치킨 마스크로 다시 돌아오는 것을 선택
한다.

현실 속 인생도 마찬가지다. 사회생활을 하고 공동체 안에
서 살아가면서 하루에도 몇 번씩 여러 가지 마스크를 쓰고 또
벗는다. 엄마, 아내, 며느리, 딸, 교사, 작가, 친구⋯. 나 역시
하루 동안 쓰고 벗는 마스크는 수도 없이 많다. 이렇듯 필요
한 상황에 맞는 마스크를 쓰고 벗는 것이 곧 삶이다. 그리고
그 하루의 끝에는 반드시 본래의 '나'로 돌아오는 시간이 필요
하다.

융은 각자가 되고 싶어 하는 모습이나 세상에 드러내고
싶어 하는 모습을 '페르소나Persona'라고 했다. 이는 사회에서
요구하는 도덕, 질서, 의무 등에 따라 자신의 본성을 감추거
나 다스리기 위한 것이다. 페르소나는 고대 그리스 가면극에
서 배우들이 썼다 벗는 가면을 말한다. 이후 라틴어로 섞이

며 사람person/인격, 성격personality의 어원이 되었다. 현대에 이르러서는 통상적으로는 '이미지 관리를 위해 쓰는 가면'을 의미한다.

종종 하나의 페르소나에 갇혀 '나는 ○○한 사람이다'라며 주변 상황을 고려하지 않고 고집을 피우는 이들이 있다. 예를 들면 '직업이 곧 나'라는 공식을 가지고 사는 경우다. 그들은 가족에게조차 회장님, 목사님, 선생님 등으로 불리기를 원한다. 개인적인 관계나 행복을 추구하는 것보다는 일과 자신을 동일시하는 것에 온 삶을 바친다. 이런 경우는 그 페르소나가 사라지면 삶 전체가 급격히 무너지기도 한다.

여자라면 아내의 역할에서 딸이 되는 순간 자연스럽게 페르소나가 달라진다. 그러나 지금의 자신이 만족스럽지 않고 싫어서 가리기 위해 덧입은 페르소나의 경우는 결코 누구도 행복하게 하지 못한다. 스스로의 장점과 단점, 빛과 그림자를 모두 수용해야만 필요한 상황에 맞는 마스크 사용도 자연스러워진다. 가슴 뛰는 삶을 창조하기 위해 '나'에게 필요한 마스크가 무엇인지 직관적으로 알게 된다. 지금, 자신이 쓰고 있는 마스크가 스스로를 행복하게 하지 못한다면, 당신 안에 있는 새로운 마스크를 꺼내 써보기를 권한다.

- 당신이 주로 쓰는 마스크는 무엇인가요? 주로 어떤
  상황에서 그 마스크를 사용하나요? 그때 당신은 어떤
  기분이 드나요?

- 당신이 갖기를 원하는 마스크는 무엇인가요?

- 당신이 원하는 마스크를 갖게 된다면 삶에 어떤 변화가
  생길까요?

- 당신은 왜 마스크를 바꿔 쓰지 않나요? 걸림돌이 있나요?

- 마스크를 바꾸기 위해 필요한 것은 무엇인가요? 자유롭게 마음속 이야기를 써보세요.

- 당신이 제일 먼저 시도할 수 있는 것은 무엇인가요?

- 원하는 마스크를 쓰고 있는 자신을 글 또는 이미지로
  표현해봅시다.

나와 너의 신념이 다르다는 것을 인정하기 시작할 때
이전에 보지 못하던 더 넓고 깊은 시선을 가지게 된다.
타인의 신념을 깊이 인정하고 지지하다 보면
그 사람의 삶을 마음으로 느낄 수 있다.

《반이나 차 있을까 반밖에 없을까?》
이보나 흐미엘레프스카 글·그림 | 이지원 옮김 | 논장

서로를 인정하고
지지한다는 것

강의를 통해 '관계'에 대해 전할 때 내가 가장 강조하는 것이 있다. 그것은 서로에 대한 그리고 자기 자신에 대한 '인정과 지지'다. 인정과 지지는 말로는 절대 배울 수 없다. 오직 인정받고 지지받은 경험을 통해서만 습득할 수 있다.

서로의 다른 생각을 온전히 인정하고 지지한다는 것은 그리 쉬운 일이 아니다. 사람은 어떤 상황이나 사물 혹은 사람에 대해 있는 그대로를 본다기보다 자신만의 기준이나 사회적인 통념을 잣대로 비교하고 판단한다. 아무리 있는 그대로를 보려고 노력해도 개인의 주관적인 생각과 경험, 지식 등이 따라오는 것은 어찌 보면 당연한 것이다. 중요한 것은 그다음이다. 서로 다른 것을 가지고 비교하고 따지고 급기야 맞네 틀리네 소모적인 논쟁을 벌이는 웃지 못할 일이 벌어지기도 한다.

　이러한 '차이'에 대해서 생각해볼 수 있게 해주는 그림책이 있다. 《반이나 차 있을까 반밖에 없을까?》에는 다양한 사물을 서로 다른 시선으로 바라보는 사람들이 등장한다.

　책의 표지를 넘기면 수평선을 사이에 두고 하늘을 나는 새와 물속을 헤엄치는 물고기가 서로를 바라보고 있다. 그 주변으로는 구름 같기도 하고 파도 같기도 한 그림이 더해져 이 상황을 간단하게 정의내릴 수 없게 한다. 다른 세계에 살고 있는 새와 물고기, 이 둘은 과연 서로를 있는 그대로 이해할 수 있을까?

　작가는 이 상황에 대해 그림책 말미에 물고기와 새에게는 각각 이 수평선이라는 경계가 세상의 끝이거나 시작일 것이라고 말한다.

　인간관계도 마찬가지가 아닐까. 서로를 있는 그대로 온전히 이해한다는 것은 어쩌면 거의 불가능한 이상일지도 모른다. 그러니 할 수 있는 최선은 서로의 생각을 인정하고 지지하며 나와의 차이를 받아들이는 것이다. 거기에는 옳고 그름이나 맞고 틀림이 애초에 없다. 다만 각자가 그렇게 생각하는 그럴 만한 이유가 있을 뿐이다.

《반이나 차 있을까 반밖에 없을까?》는 계속해서 다른 사람, 다른 상황에 대한 비교를 보여준다. 아주 작은 집에 사는 사람이 중간 크기의 집에 사는 사람을 올려다보고, 그 옆에는 더 큰 집에 사는 사람이 내려다보고 있다. 어떤 사람에게는 큰 집이 어떤 사람에게는 여전히 부족한 크기일수도 있음을 보여준다.

또 다른 장면에서는 한 남자가 애지중지하며 키우는 불도그가 행인에게는 방해가 되는 모습으로 그려진다. 어떤 사람에게는 아름다운 것이 어떤 이에게는 불편하게 느껴지는 것이다.

이처럼 누구나 각자가 중요하게 생각하는 가치가 있고, 저마다 그것을 기준으로 세상을 바라본다. 나는 그것을 '신념'이라고 부른다. 예를 들어 '모든 개는 귀엽다'는 신념이 있는 사람은 불도그를 보고 귀엽다고 할 수 있다. 하지만 '작고 털이 복슬복슬한 개만 귀엽다'는 신념을 가지고 있는 사람에게는 상대적으로 덩치가 있고 털이 짧은 불도그는 못나 보일 수 있다. 이처럼 개인의 신념은 매우 상대적이다.

때로는 이런 신념이 자신을 괴롭히기도 한다. 타인과 자신을 비교하고, 보여지는 것을 중요하게 생각할 때 더욱 그렇다. '집은 커야 한다' '날씬한 사람만이 멋지다' '더 좋은 학교를 나와야 한다' 등의 생각에만 머물면 자신은 물론 주변 사람에게까지 이를 강요해 고통스럽게 만든다.

때문에 도움이 되지 않는 신념은 떨쳐내고, '나'에게 기쁨과 성장을 가져다주는 신념만 받아들이는 것이 중요하다. 신념은 한 번 정하면 영구불변한 것이 아니기에 언제든 스스로 행복해질 수 있는 좋은 신념을 선택하고 바꿀 수 있다.

사람은 누구나 소중하고 사랑받을 만한 존재이기에 스스로 아프게 하고 힘들게 하는 신념이 있다면, 바로 버리는 것도 자신을 위한 용기다.

나와 너의 신념이 다르다는 것을 인정하기 시작할 때, 이전에 보지 못했던 더 넓고 깊은 시선을 가지게 된다. 타인이 사물을 바라보고 표현하는 말과 행동 속에는 그가 가진 신념이 담겨 있고, 그 신념을 깊이 인정하고 지지하다 보면 그 사람의 삶을 마음으로 느낄 수 있다.

모든 생각은 다 괜찮다. 다 그럴 만한 이유가 있다. 물고기와 새가 서로를 완전히 다 알 수는 없지만, 서로의 생각과 관점에 귀 기울이며 대화하고 인정하며 지지해줄 수는 있다. 우리 역시 곁에 있는 사람의 생각을 이해할 때 내 삶 또한 더 깊어질 것이다.

너는 너의 신념대로 살고, 나는 나의 신념대로 산다. 옳고 그름의 논쟁은 필요가 없다. 있는 그대로를 인정하고 지지하는 연습을 하면 삶이 달라지는 작은 기적을 경험할 수 있을 것이다.

마음에게 하는 질문

- 당신은 스스로에 대해 어떤 신념을 가지고 있나요? 마음속 깊은 곳에서 들려오는 이야기를 적어보세요.

  예) 나는 못생겼다.

  1. 나는 _____
  2. 나는 _____
  3. 나는 _____
  4. 나는 _____
  5. 나는 _____

- 위에 쓴 신념 중 도움이 되는 신념과 방해가 되는 신념을 분류해보세요.

- 당신은 왜 방해가 된다고 생각하는 신념을 계속 간직하고 있나요? 그 신념이 주는 이익이 있나요?

- 이제 정말로 당신이 원하는 신념을 만들어보세요. 당신은 어떤 사람입니까?

  1. 나는 _____
  2. 나는 _____
  3. 나는 _____
  4. 나는 _____
  5. 나는 _____

자신의 선택에 책임질 수 있을 때
삶은 원하는 대로 이루어지기 시작한다.
좋은 선택이 보다 좋은 삶을 창조한다.

《빨간 아기토끼》

라스칼 글 | 클로드 뒤보아 그림 | 홍성혜 옮김 | 마루벌

삶이라는 이야기를
다시 쓰는 날

열심히 살았지만 도무지 넘을 수 없는 높은 산을 만나 멈춰버리는 순간이 있다. 나에게도 그런 때가 있었다. 아이처럼 작아진 '나'를 느꼈지만 그대로 주저앉아 울 수만은 없었다. 나는 왔던 길을 거꾸로 거슬러 내려가고, 내려가고, 또 내려가야 했다. 다행히 내려가는 길에서 그동안 놓치고 살아온 것들을 발견하고 회복할 수 있었다. 그중 가장 소중한 것은, 끝도 없이 내려가며 온몸으로 느꼈던 그 모든 감정이 곧 나이고, 어떤 감정이든 용감하게 느낄 수 있게 된 지금의 나는 이전보다 훨씬 더 부드럽고, 강하며, 아름답다는 자각이었다.

이런 순간을 지나고 나자 삶이 살아갈 만한 것으로 여겨졌다. 인생에서 만나는 그 어떤 고통의 순간에도 매순간 선물을 발견할 수 있었다. 어떤 일이든 일어날 만하기에 일어났으며,

그것이 좋은 일이거나 혹은 나쁜 일일지라도 그 안에는 반드시 내가 배워야 하는 무엇이 들어 있음을 알게 되었다.

아무것도 할 수 없다고 느끼고, 모든 것을 잃어버린 순간 '창조'가 가능해진다. 이제껏 살아온 방식이 잘못됐다는 것을 알았다면, 새롭게 살아갈 기회를 선물로 받으면 그만이다. 깊은 낭떠러지로 떨어진 경험, 그 깊이만큼 다시 올라갈 수 있다는 것, 깊이가 곧 높이라는 것을 나는 삶을 통해 배웠다. 특별히 그 깊이를 인정하는 것은 중요하다. 자신이 한도 끝도 없이 지질해졌던 그 지점을 인정하고 받아들일 때, 다시 한 걸음씩 올라갈 수 있는 용기가 생기고 가야 할 방향도 알게 된다. 그렇게 한 걸음씩 걷는 걸음은 이전과는 다르다. 창조성을 회복한 주인의 걸음이다.

'나는 다시는 타인의 장단에 맞춰 살지 않겠다. 세상이 정해놓은 규격화된 삶에 맞추기 위해 애쓰지 않겠다. 나의 욕구와 신념, 정서가 원하고 바라는 대로 살면서도 충분히 세상에 좋은 가치를 더할 수 있다는 것을 안다'라는 깨달음을 얻게 된다.

이처럼 한 사람이 좀 더 좋은 어른이 되기로 선택하고, 내면 깊은 곳에서부터 올라오는 '나'를 살아내기 시작할 때, 그가 속한 공동체가 변하고 세상이 변한다.

변화를 원하는 사람이라면 철학 그림책 《빨간 아기토끼》를 보자. 이 책에는 유명한 그림책 주인공인 '빨간 모자'와 '빨간 토끼'가 나온다. 숲에서 우연히 만나게 된 둘은 책 속 주인공인 서로가 실존하는 존재인 것에 놀란다. 이야기를 나누던 중 자신들의 책 속 결말이 나쁘게 끝난다는 것을 알게 된다. 그들은 마음에 들지 않는 책을 쓴 어른들을 놀래게 해줄 작정을 한다. 그리고 상상의 나래를 펼치며 원하는 삶을 창조한다.

'이 숲에는 늑대가 없었던 걸로, 이 숲은 사냥을 못하는 걸로, 토끼는 잡아먹을 수 없는 걸로, 빨간 토끼와 빨간 모자는 즐겁게 소풍을 나온 걸로….'

그들은 진정으로 원하는 것을 떠올리며, 완전히 달라진 이야기에 서로를 축하하고 감탄하며 좋아한다.

자신이 현재 어떤 상태에 있으며, 무엇을 향해 가고 싶은지 알 때 그에 걸맞은 변화와 성장이 이루어진다. 실제로 과거로부터 얻은 상처가 깊은 사람이나 잊을 수 없는 기억이 자꾸만 되살아나 힘든 시간을 지내고 있는 사람, 자신에게 해가 되는 비합리적 신념으로 인해 미래에 대한 불안을 갖고 살아가는 사람은 이와 같이 '자신의 이야기를 바꿔보는' 기법을 활용하면 많은 도움이 된다. 빨간 토끼와 빨간 모자가 스스로 원치 않은 일이 일어나는 것을 거부하며 원하는 삶을 선택하고, 창조한 것과 같이 해보는 것이다.

사람은 자신의 운명을 선택할 수 있는 자유로운 존재다. 그리고 이 선택에 대해 책임질 수 있을 때 삶은 원하는 모양으로 흘러가기 시작한다. 오직 한 번뿐인 인생을 의미 있게 사용하는 것은 각자의 선택에 달려 있다. 좋은 선택이 보다 좋은 삶을 창조한다.

- 당신이 원치 않았으나 일어난 사건이 있다면 무엇인가요?
  그 일로 인해 현재 어떤 경험을 하고 있나요?

- 만약 모든 것이 다 가능하다면 무엇을 어떻게 바꾸고
  싶은가요?

• 앞으로 당신의 삶에 기대하는 것을 글 또는 그림으로
생생하게 묘사해보세요.

- 앞에서 묘사한 삶이 이뤄진다는 것은 당신에게 어떤 의미를 주나요?

- 진정 원하는 삶을 위해 지금부터 내가 할 수 있는 일은 무엇인가요?

반드시 따라 걸어야 할 선은 어디에도 없다.
누군가 그려놓은 선 위에서 내려와
나만의 선을 그리며 걷는다 해도
괴물에게 잡아먹히는 일 따위는 일어나지 않는다.

《선 따라 걷는 아이》

크리스틴 베젤 글 | 알랭 코르크스 그림 | 김노엘라 옮김 | 꿈교출판사

선을 벗어나서 살면
무슨 일이 생길까?

'만일 원하는 것은 모두 이뤄주는 요술 방망이가 생긴다면 무엇을 바랄 것인가?'

자칫 유치해 보이는 질문이지만 이에 대한 사람들의 답을 가만히 들어보면 각자가 삶에서 가장 중요하게 생각하는 것, 혹은 현재 겪고 있는 어려움이 무엇인지 알 수 있다.

'만일 앞으로 마음먹은 대로 살아갈 수 있다면 어떤 삶을 살고 싶은가?'

이 질문에 대한 답은 처음 것보다 어렵다. 하지만 이에 대해 머뭇거리고 정하지 못하면, 뜻대로 살 수 있는 기회가 주어진다 해도 그 기회를 놓치게 될 확률이 크다.

강의를 하면서 위의 두 가지 질문을 던졌을 때 미리 생각해 둔 것처럼 선뜻 대답하는 사람은 거의 없었다. 우리는 어쩌다 이렇게 되었을까? 스물, 서른, 마흔이 되어도 혹은 그 이상을 살아도 자신이 원하는 것 하나 자신 있게 말하지 못하고, 스스로 살고 싶은 인생에 대해 정의하기 힘들어 하니 말이다.

이는 비단 성인만의 문제는 아니다. 초등학생 중에도 정답처럼 정해진 것이 아니면 자신 없어 하거나 불안을 느끼는 아이가 있다. 자유로운 상상력을 발휘하는 친구를 보면 도리어 엉뚱하다고 여기기도 한다.

요즘 사람들은 스스로 원하는 것을 선택하는 것에 대해 두려움을 느낀다. 조금이라도 실수를 하면 낙오자가 된다고 생각한다. 지나칠 정도로 실수와 실패가 일어나지 않도록 관리하며 산다. 권위자에 의해 정해진 것이 아니면 자기 생각조차 신뢰하지 못한다. 그러니 무엇이든 이룰 수 있는 선택의 기회가 주어져도 정작 자신이 원하는 것이 무엇인지 알 수 없고, 어떻게 살고 싶은지 알 길이 없으니 다가온 기회를 그저 흘려보내고, 누군가 그려놓은 선을 따라 가며 살아간다. 혹여 선 밖으로 밀려날 것을 두려워하면서 말이다.

그림책 《선 따라 걷는 아이》는 제목처럼 선을 따라 걷기 놀이를 하며 집으로 돌아오는 한 여자아이의 하루를 보여준다. 몇 개의 선과 동그라미, 세모, 네모 등 단순한 도형으로 표현된 그림은 읽는 사람에 따라 무한한 상상력을 펼칠 수 있게 한다.

아이는 바닥에 그려진 선을 따라 걷고 또 걷는다. 처음에는 마치 놀이처럼 느껴지지만, 선 밖으로 벗어나면 괴물이 사는 깊은 구멍 속으로 떨어진다는 소문에 긴장감마저 느껴진다. 흡사 장대 위에 놓은 외줄을 타듯이. 그래서 읽다 보면 선을 따라 걷는 아이가 안쓰럽게 느껴지기 시작한다. 아이는 집에 다다를 때까지 뛰고 달리고 선을 따라 올라갔다 내려갔다 쉬지 않고 이동한다.

하지만 점점 누군가 그려놓은 선만을 따라 걷지는 않는다. 다리 위를 건널 때는 물 위를 걷고 싶은 마음, 여행을 떠나고 싶은 마음을 대신해 상상의 나래를 펼쳐가며 자기만의 세계를 선으로 표현한다. 그리고 다시 집으로 돌아와 더 이상 밟아야 할 선이 사라지자 공책에 선을 그린다.

아이가 그리는 선은 자유롭다. '한 평생처럼 긴 선, 아이처럼 짧은 선, 웃음 짓는 얼굴처럼 부드러운 선, 찡그린 표정처럼 날카로운 선, 지문처럼 뱅글뱅글 돌아가는 선'이다.

잠이 든 아이는 꿈속에서도 선을 따라 걷고 또 걷는다. 그러다 그만 선 밖으로 벗어난 구멍 속으로 떨어지고 만다. 누군가에게 들은 괴물이 산다던 그 구멍 속으로. 조마조마한 마음으로 책장을 넘기다 보면 '휴~' 하고 나도 모르게 안도의 한숨이 나온다. 괴물 따위는 애초에 어디에도 없었다.

선 따라 걷기를 좋아하는 아이는 꿈속에서 이번에는 선을 밟지 않는 놀이를 하며 친구들과 한바탕 논다.

그림책 강의에서 《선 따라 걷는 아이》를 읽었을 때의 일이다. 20대부터 50대까지 폭넓은 연령층이 참여한 자리였는데 책을 읽고 보여준 반응 또한 매우 다양했다.

이제 막 사회생활을 시작한 20대 참여자는 별다른 이야기 없이 점, 선, 면으로만 그려진 이 책의 내용을 어떻게 이해하고 뭘 말해야 하는지 모르겠다고 했다. 듣다 보니 자신이 느낀 것이 정답인지 아닌지 모르겠다는 뜻이었다. 그는 뚜렷한 줄거리나 주제를 좀처럼 찾기 힘든 이 책에 대해 마음가는 대로 말한 후 듣게 될 자신에 대한 평가를 먼저 걱정하는 눈치였다. 마치 책에 있던 '구멍 속 괴물'에게 잡아먹히듯이 말이다.

내가 그에게 앞으로 살아가고 싶은 '인생 길'을 선으로 표현해보라고 하자, 그는 반듯한 수평선 하나를 그리며 "앞으로 제 인생에서 아무 일도 일어나지 않았으면 좋겠어요. 그냥 편안하고 안정적인 게 좋아요. 저는 그렇게 살기 위해 지금 공무원 시험 준비를 하고 있어요"라고 말하며 웃었다.

또 다른 참여자인 30대 워킹맘은 모범생으로 자란 자신의 지난 시간이 고스란히 들어 있는 것 같아서 읽는 내내 마음이 저려왔다고 했다. 선 밖으로 나가지 않으려고 애쓰며, 혹여 선 밖으로 떨어져 구멍 속 괴물에게 잡아먹힐까 봐 두려워하며, 미래를 위해 쉬지 않고 노력했던 삶. 그런데 이제와 생각해보니 왜 그렇게 빡빡하게 살았을까 하는 아쉬움이 남는다고 했다.

그래서 자신의 아이는 그와 정반대로 키우려고 놀이식으로 진행되는 다양한 학습을 시키느라 고가의 교육비를 쓰고 있다고 말했다. 이야기를 마치며, 그는 정해진 선 밖으로 떨어지지 않기 위해 애쓰며 산 과거의 자신과 그와 반대로 살기 위해 애쓰는 지금의 모습이 왠지 똑같이 느껴진다고 했다. 그리고 이제는 누군가가 그어놓은 선을 지키기 위해 애쓰기보다는 아이와 자신이 기준이 되어 편하고 행복한 길을 스스로 그리며 걷고 싶다고 말했다. 그 순간 그의 눈가에는 마음 깊은 곳으로부터 차오른 통찰의 눈물이 반짝였다.

곧이어 두 아이의 엄마이며 15년간의 직장생활을 통해 인생의 단맛과 쓴맛을 다 경험했다는 40대 참여자의 이야기가 이어졌다. 이 책에는 자신이 살아온 인생이 모두 다 표현되어 있었다고 했다. 한창 성장기에 부모님과 선생님의 말씀을 따라 선을 따라 반듯하게 걷던 '나'를 만났고, 점점 더 빨리 달리고 달리며 누구보다 더 잘하는 것을 행복해하며 자신감 넘치던 '나'도 만나고, 힘겹게 올라갔다 끝도 없이 내려가고 끝이 없어 보이는 미궁 속을 헤매기도 했던 시절의 '나'도 만날 수 있었다고 했다. 그리고 지금 여기, 아이처럼 새로운 놀이를 기대하는 자신이 있다는 것이 반갑고 고맙다고 했다.

이야기를 다 듣고 있던 50대 참여자는 "모두의 이야기를 듣다 보니 내가 지나온 시간도 이미 다 거기에 들어가 있네요. 그래서 별로 할 말이 없네요"라며 종이 위에 자신이 앞으로 살고 싶은 삶의 길을 부드러운 리본과 같은 선으로 표현했다.

그리고 "나는 바람처럼 공기처럼 그렇게 정해지지 않은 길을 가고 싶어요. 마음가는 대로 자유롭게 그렇게 살아갈 거예요. 이제"라고 마무리하며 아이처럼 함박웃음을 지었다.

이처럼 《선 따라 걷는 아이》를 읽다 보면 나도 모르는 사이에 누가 정해놓은 규칙인지도 모르면서 그것의 노예가 되어, 왜 지켜야 하는지도 모르는 규칙을 끝끝내 놓지도 못하고 지키며 살아가는 나를 만나게 될지도 모른다.

독자들은 이 책을 통해 지금부터라도 내가 주인이 되어 나의 삶의 방식에 맞게 내가 걷고 싶은 길을 그리며 가도 괜찮다는 것을 느낄 수 있기를 바란다. 무엇보다 당신이 반드시 따라 걸어야 할 선은 어디에도 없으며, 누군가 그려놓은 선 위에서 내려와 나만의 선을 그린다고 해도 괴물에게 잡아먹히는 일 따위는 일어나지 않는다. 뿐만 아니라 이전보다 더 자유롭고 행복한 삶이 시작 된다. 이것이 진실이다.

마음에게 하는 질문

- 당신이 지금까지 살아온 삶과 앞으로 살아가고 싶은 삶을 사물 혹은 동물로 빗대 표현해보세요.
(예: '참고 견디는 양'에서 '자유로운 말'로 살겠다.)

- 당신이 정말로 원하는 삶은 어떤 삶인가요? 한 문장으로 표현해보세요.

- 당신의 삶을 선으로 표현해보세요. 지금 여기, 당신의 바람을 담아서 앞으로 펼쳐질 10년, 20년, 30년 뒤 당신이 걷고 싶은 인생길을 자유롭게 그려봅시다.

- 당신이 걷고 싶은 길을 그림으로 표현하고 나니 어떤 마음이 올라오나요?

3장

내가
꿈꾸는
페이지

어떤 사람이 꿈을 이루고 못 이루고의 차이는
그가 때를 기다릴 수 있느냐 없느냐에 달려 있다.
기다림에는 믿음이 필요하다.
자기 자신에 대한 믿음, 꼭 이뤄질 것이라는 믿음.

《신기한 요술 씨앗》

요나 테페르 글 | 길리 알론 쿠리엘 그림 | 박미영 옮김 | 주니어RHK

될 거라는
믿음의 힘

이 세상에는 사람의 수만큼이나 다양한 꿈이 존재하고, 이를 이루는 방법 또한 셀 수 없이 많다. 그런데 제아무리 꼼꼼하게 꿈에 다가가는 계획을 짠다 해도 믿고, 기다리고, 사랑을 주지 않으면 그 꿈은 이루어지지 않는다. 진정으로 원하고 바라는 것이 있다면 그 꿈을 믿고 성취될 때까지 사랑을 주며 기다려야 한다. 마치 씨앗이 움터 새싹이 자라는 것처럼 말이다. 이 기다림의 과정에서는 노력과 도움이 필요하다. 하지만 가장 중요한 것은 '믿음을 품은 기다림의 시간'이다.

그림책 《신기한 요술 씨앗》은 기다림이란 어떤 것인지 깊이 느껴볼 수 있게 해준다.

꼬마 '네타'는 '바룩 할아버지'네 농장에 일을 도우러 간다.

일을 하다가 쉬는데 할아버지가 커다란 사과를 주었다. 네타가 사과를 다 먹자 할아버지는 사과 속에 작은 씨앗을 가리키며 그 안에 커다란 사과나무가 숨어 있다는 이야기를 해준다. 이 사실을 처음 들은 네타는 깜짝 놀란다. 신기해하는 네타를 위해 할아버지는 작은 씨앗이 사과나무로 자라기 위해 필요한 조건을 말해준다. 씨앗을 땅에 심고, 물을 주며 잘 보살피고, 오래 기다리면서 잘 자라도록 기도해주라고 말이다. 할아버지의 설명을 들은 네타는 사과 씨앗이 든 다 먹은 사과 속을 호주머니에 넣는다.

다음 날 유치원에 간 네타는 친구들에게 신기한 요술 씨앗이 있다고 말하지만 아무도 믿어주지 않는다. 오히려 비웃고 놀리고 화를 낸다.

눈에 보이는 것만 믿는 사람은 작은 씨앗 속에 틀림없이 숨어 있는 사과나무를 볼 수 없다. 특별히 아이를 키우는 부모나 학생을 가르치는 교사, 그룹의 리더에게 반드시 필요한 것이 바로 이런 시선이다. 작은 씨앗처럼 그 속에 어떤 나무가 잠들어 있는지 모를 아이들을 보면서 믿고, 사랑을 주고, 기다려주면 틀림없이 커다란 나무로 자랄 것이라는 걸 믿는 마음, 느긋하게 기다려주는 그 마음이 필요하다. 이 기다림이 없을 때 얼마나 많은 씨앗이 싹을 틔우지도 못하고 절망하고 사그라지는지 모른다.

네타는 결국 혼자서 씨앗을 심을 만한 곳을 찾아 유치원 곳곳을 돌아본다. 그리고는 흙이 부드럽고 수도도 가깝고 훼방꾼도 없는 안전한 곳을 찾아서 정성껏 씨앗을 심는다. 바룩 할아버지가 가르쳐준 대로 땅에 작은 구멍을 파고 그 속에 씨앗을 넣고 부드러운 흙으로 덮고 기다린다.

그런데 기다려도 싹이 나오지 않자 물을 더 주고, 그래도 나오지 않자 나뭇잎 이불을 덮어준다. 누가 밟을까 봐 걱정이 되어서 나오지 못하나 싶어 나뭇가지 울타리도 만들어준다. 그래도 나오지 않자 빨리 나오도록 기도를 해준다.

네타의 씨앗과 마찬가지로 아이를 키우고 가르치다 보면 도무지 이해가 되지 않는 상황이 벌어진다. 수십 번 주의를 줘도 잊어버리고 말썽을 피우는 아이를 보고 있노라면, 도무지 그 아이가 자라서 커다란 나무가 되리라는 기대와 상상을 할 수 없는 상황에 이른다. 분명 사랑하는 자녀고 제자일 텐데 화를 내고 윽박지르고 협박하며, 아이의 현재는 물론 미래에 대한 저주를 쏟아낸다.

그러나 네타가 씨앗을 보살피듯 아이를 양육하고 가르치는 어른이 되고자 한다면 반드시 이런 믿음과 기다림을 배워야 한다.

네타는 기도를 하다가 스르르 잠이 든다. 작은 싹이 자라고 자라서 커다란 사과나무로 자라는 꿈을 꾼다. 빨갛고 싱싱한 사과가 잔뜩 열린 나무 밑동을 끌어안고 기뻐 소리친다.

그때 친구들이 다가와 전처럼 네타를 놀린다. 하지만 꿈속에서 사과나무를 본 네타는 이제 친구들의 말에 아랑곳하지 않는다. 자신 있게 웃으며 꼭 자라날 거라고 말한다.

사람의 내면에서는 늘 두 가지 목소리가 들려온다. 하나는 스스로를 비난하고 자책하는 목소리이고, 다른 하나는 꿈과 희망을 주며 독려하는 목소리다. 이 두 개의 목소리 중 어떤 것이 나에게 생명이 되는 양분을 주는지 알기 위해서는 분별력이 필요하다. 그러기 위해서는 네타처럼 간절함을 품어야 한다. 그래야 혜안이 열린다. 당장 눈에 보이는 결과에 집착하고 그에 따라 평가하고 포기하지 않기 위해서는 미래를 보는 안목을 길러야 한다.

사람은 누구나 하나의 씨앗임을 기억하자. 씨앗은 수천 년의 시간을 견뎌서라도 끝끝내 자기만의 싹을 틔운다. 다만 그 씨앗에게 맞는 조건과 기다림이 필요할 뿐이다. 자신의 씨앗은 꼭 자랄 거라고 당당하게 말한 네타처럼, 우리들 각자가 어떤 씨앗인지 알 때 저마다의 기다림도 더 당당해지리라 생각한다.

　기다림에는 믿음이 필요하다. 자기 자신에 대한 믿음, 꼭 이뤄질 것이라는 믿음, 믿음을 가지고 기다리고 또 기다리며 정성을 다할 때 꿈은 반드시 이뤄진다.

- 내가 만일 씨앗이라면 어떤 씨앗일까요? 또 그렇게
  생각하는 이유는 무엇인가요?

- 내가 나무가 된다면 어떤 모습일까요?
  그림으로 표현해보세요.

- 온전한 나무가 되기 위해 나에게 필요한 것은 무엇인가요?

- 내가 정말 바라고 원하는 나무가 되기 위해 제일 먼저
  실행할 수 있는 일이 있다면 무엇일까요?

폭풍 속에서도 나만의 춤을 추며
꿋꿋하고 당당하게 걸어온 시간이 기억난다.
있는 그대로
나의 지금, 여기에 감사한다.

《이렇게 멋진 날》

리처즈 잭슨 글 | 이수지 그림·옮김 | 비룡소

오늘,
내 인생의 날씨

시커먼 먹구름이 하늘을 가득 채운 날, 하늘에서는 장대비가 끝도 없이 내린다. 집 안에 있던 아이들 셋은 언제쯤 비가 그칠까 기다리고 또 기다린다. 지루하기 짝이 없는 기다림에 풀이 죽고, 더 이상 아무것도 할 수 없는 사람처럼 무기력하게 뒹군다.《이렇게 멋진 날》에 등장하는 첫 장면이다.

삶에 먹구름이 드리워진 순간, 사람이 취하는 모습 또한 이와 다르지 않다. 나 역시 해가 뜨기를 기다리며 웅크리고 있던 순간을 경험했다. 하지만 해가 뜨고 지는 것은 내가 어찌할 수 있는 일이 아니며, 먹구름이 잔뜩 끼고 천둥번개가 치는 것 또한 내 잘못이 아니라는 것을 알게 되었을 때, 나는 용기를 내서 우산을 챙겨 들고 빗속으로 걸어 나갈 수 있었다.《이렇게 멋진 날》을 보면서 어린 시절부터 지금까지 살아온

내 인생의 날씨를 떠올려보았다.

다시 그림책 이야기로 돌아가, 무료한 시간을 달래고자 한 아이가 라디오를 켠다. 무겁게 내려앉았던 기분은 온대간대 없이 사라지고 아이들의 마음을 음악이 가득 채운다. 그리고 이내 서로를 바라보며 한마음이 되어 춤을 춘다. 힘겨운 기다림의 시간이 즐거운 축제로 바뀐다. 한참을 콩콩 쿵쿵 신나게 뛰놀던 아이들은 장대비로부터 안전한 공간에서 벗어나 용감하게 빗속으로 나간다. 장화를 신고 우산을 쓰고 첨벙첨벙 뛰고, 룰루랄라 노래를 부른다. 더 이상 먹구름과 장대비는 두려움의 대상이 아닌 친구가 된다. 빗속의 축제가 무르익을 무렵 먹구름은 조금씩 사라지고 친구들이 하나둘 모여든다. 점점 더 많아진다. 아이들이 언덕 위에서 미끄러지고 뛰고 달리고, 나무 위로 오르고 뛰어내리는 동안 더없이 맑고 화창한 날씨가 된다. 한나절 신나게 놀고 돌아온 아이들은 엄마가 기다리는 집으로 가 아이스크림을 먹으며 "오늘은 정말 날씨가 좋아"라고 말한다.

누구나 지나온 삶을 되돌아봐야 한다고 느끼는 순간이 있다. 깊은 웅덩이에 빠진 듯 괴로움에서 헤어나기 어렵다고 느껴질 때면 과거로 돌아가 봐야 한다. '그림책 읽는 어른' 집단에서 이 활동을 해보면 어릴 때의 기억이 안 난다고 하는 이들을 종종 만난다. 초등학교 시절은 물론 청소년기까지도 기억이 나지 않는다고 한다. 그럴 수 있다. 나 역시 오랜 시간 어린 시절을 부끄럽게 생각하고 외면한 채 살다 보니 지나온 시간을 까맣게 잊고 있었다. 좀처럼 기억이 나지 않았다. 그런데 지워버린 기억과 마음을 찾아가는 여행을 지속하다 보니 하나하나 다시 알게 되었다. 기억은 관심을 가지고 사랑해주면 다시 돌아온다.

아픈 과거는 《이렇게 멋진 날》에서 본 풍경과 비슷하다. 천둥번개가 치고 장대비가 내리고 눈보라 날리는 날씨. 그러나 책 속 아이들은 어떤 날씨건 아랑곳하지 않고 행복한 춤을 춘다. 마치 살다 보면 먹구름 잔뜩 낀 날도 있고, 맑게 갠 날도 맞이하게 될 것을 아는 것처럼.

이들을 통해 나의 삶을 돌아본다. 내 인생의 날씨를 하나하나 떠올려 본다. 폭풍 속에서도 나만의 춤을 추며 꿋꿋하고 당당하게 걸어온 시간이 기억난다. 그렇게 서툰 춤을 추는 내가 스스로 춤 출 수 있다는 것을 잊어버린 채 살아가는 타인의 손을 잡고, 그들이 자기만의 몸짓을 찾을 수 있게 동행할 수 있음에 감사한다. 있는 그대로, 나의 지금 여기에 감사한다.

마음에게 하는 질문

- 당신의 인생을 날씨로 표현해보세요. (어린 시절부터
  지금까지의 인생을 10년 주기로 나눠서 해봐도 좋습니다.)

- 당신의 인생에서 '이렇게 멋진 날'이라고 생각되는 때가
  있다면 언제인가요? 그렇게 생각하는 이유는 무엇인가요?

- 앞으로 살아갈 당신 인생의 날씨를 예측해보세요. 그저 자연스럽게 떠오르는 날씨도 좋고, 마음에서 진정 바라고 원하는 소망을 담은 날씨도 좋겠지요.

- 당신이 원하는 인생 날씨를 위해 지금 여기에서 무엇을 할 수 있나요?

모든 감정에는 다 그럴 만한 이유가 있다.
자신의 감정에 정직하게 반응하고 책임질 수 있을 때
우리는 이전보다 훨씬 강해진다.
그리고 아주 자연스럽게 본래의 나를 회복한다.

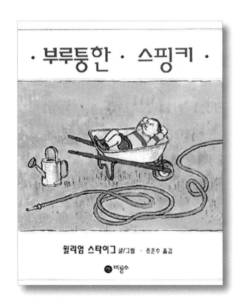

《부루퉁한 스핑키》
윌리엄 스타이그 글·그림 | 조은수 옮김 | 비룡소

나를 위한
시간과 공간을 가질 것

웃지 않아도 되는 상황에 웃는 사람이 있다. 혹은 충분히 웃어야 할 상황에서 심각함을 넘어 깊은 우울을 뿜어내는 사람도 있다. 이들은 지금 여기, 자신의 감정에 충실하기보다는 주변 사람 혹은 자신이 처해 있는 상황에 마음을 빼앗겨 감정이 고장난 상태다. 이런 사람을 만나면 권하는 책이 있다. 바로 윌리엄 스타이그의 《부루퉁한 스핑키》다. 이 책은 나의 삶에서 여러 번 일깨움을 주었다.

아들이 일곱 살이 되었을 때 《부루퉁한 스핑키》를 만났다. 태교 때부터 늘 순하고 얌전하던 아이가 갑자기 달라진 것이다. 자기주장이 생기고 장난이 늘어났다. 초보 엄마였던 나는 아들이 이상해졌다고 생각했다. 자신의 모습과 닮은 주인공을 보면 아들도 뭔가 달라지겠지 하는 생각에서 '부루퉁한'이라는 표현에 끌려 구체적인 내용도 모른 채 온라인으로 책을 구입했다.

그렇게 산 책은 책장을 넘길수록 당시 나로서는 이해하기 어려운 장면이 계속됐다. 스핑키가 왜 화가 났는지에 대해서 구체적인 설명이 나오지 않았다. 그저 누나와 형이 스핑키를 '스컹크' '스핑크스'라고 놀리고, 아버지는 스핑키의 마음을 알아주기는커녕 무서운 얼굴로 훈계와 설교를 늘어놓았다는 것이 책에 소개된 이유의 전부다. 나는 이 정도는 누구에게나 아주 흔히 일어나는 일이고, 이런 일을 가지고 화를 내는 스핑키가 쪼잔하고 소심하다고 생각했다. 도무지 이토록 오래 부루퉁한 상태로 '모든 살아 있는 것'에 대해 화를 내며, 풀지 않겠다고 하는 스핑키를 이해할 수 없었다.

엄마인 나의 말을 고분고분 듣지 않는 일곱 살 아들을 이해해보겠다고 산 책인데, 주인공은 아들과는 비교도 되지 않을 정도로 아주 심한 말썽꾸러기였다. 도리어 우리 아이가 스핑키처럼 고집쟁이가 아니라는 사실에 위로를 받아야 했다. 나는 스핑키를 고집쟁이라고 놀렸고 아들은 표현은 하지 않았지만 스핑키를 부러워했으리라 생각된다.

이 책이 진짜 진가를 발휘하게 된 것은 아들이 중학교에 들어간 다음이다. 사춘기를 심하게 앓고 있던 아들은 몇몇 좋아하는 친구들하고만 소통할 뿐 무슨 말을 해도 눈을 치켜뜨고, 혼자 방 안에 들어가서는 "들어오지 마!" "치우지 마!" "건들지마!"와 같은 말로 세상과 자기를 격리시켰다. 특히 엄마와의 분리를 간절히 원하는 듯 보였다. 열세 살이 된 아들의 마음을 읽어보기 위해 그리고 엄마인 내가 어떻게 해야 하는지에 대해 알기 위해 나는 다시 《부루퉁한 스핑키》를 꺼내 읽었다.

이 책의 저자인 윌리엄 스타이그는 미국의 대표적인 그림책 작가로 《당나귀 실베스터와 요술 조약돌》《멋진 뼈다귀》《아벨의 섬》《치과 의사 드소토 선생님》 등을 썼으며 칼데콧상, 뉴베리 상, 한스 크리스천 안데르센 상을 받기도 한 거장이다. 그의 책들은 어떻게 살아가는 것이 좋은 삶인지를 일부러 가르치지는 않으나 배울 수 있게 해준다. 나는 부루퉁 화가 난 스핑키가 되어, 그 아이의 마음이 되어, 그 아이의 표정을 떠올리며 한 장 한 장 마음으로 읽어나갔다.

"우리 식구는 모두 머저리야! 말로만 날 사랑한다고 하면서 순 엉터리야. 비록 엄마는 안 그렇지만."

사랑한다고 하면서 존중해주기는커녕 놀려대고 비웃고 무

서운 얼굴로 훈계하는 가족으로부터 마음에 상처를 입었을 스핑키가 온전히 느껴졌다. 이전에는 엄마의 입장에서 보니 '뭐 이런 버릇없는 고집쟁이가 다 있담' 하고 보여지는 스핑키의 말과 행동만을 판단해서 읽었는데 어느 순간 스핑키의 마음이 전해졌다. 그리고 화가 나서 집 안에 들어오지도 않으려는 어린 아들 스핑키를 바라보는 엄마와 아빠의 대사와 행동이 세밀한 부분까지 눈에 들어왔다.

스핑키의 엄마는 어둑어둑해질 때까지 꼼짝도 하지 않고 해먹에 누워 있는 아들에게 다가가 담요를 덮어주고 몇 번이나 뽀뽀를 해준다. 그리고 '정말로 스핑키를 사랑한다고, 스핑키가 태어나던 순간부터 아니, 그 이전부터 사랑했노라고' 말한다. 스핑키는 엄마의 마음이 가짜가 아니라는 것을 알지만, 그걸로 상한 마음이 단번에 치유되지는 않았다. 결국 3박 4일 동안 집에 들어가지 않는다. 걱정이 된 가족들은 가족회의를 하고 스핑키가 좋아하는 할머니와 사탕, 피에로와 아이스크림까지 대동하지만 그는 여전히 자신이 가족들에게 화가 났음을 온몸으로 표현한다. 급기야 비가 억수같이 내리고 가족의 걱정도 깊어만 간다. 하지만 그날 밤에도 스핑키는 집으로 들어가지 않는다. 가족들은 최선을 다해 스핑키에게 친절하게 대하고 형은 미안하다고 무릎을 꿇고 사과를 했지만 소용이 없다. 비가 오는 날 밤, 가족들은 스핑키를 위해 파라솔을 세워주고 담요 위에 방수포를 덮어준다. 그들은 누구 하나 스핑키에게 "이제 그만 좀 해라" "너 때문에 정말 못살겠다" "정말 혼나봐야 알겠니?"라며 윽박지르거나 협박하는 사람 없이 모두 스핑키가 자신의 상한 마음을 잘 돌보고 다시 가족에게 마음을 열도록 노력한다.

이 장면을 보며 사춘기 아들을 둔 엄마인 내가 곁에서 할 일이 무엇인지, 어떤 심리학 지식이나 교육적 설명 없이도 그들의 모습을 통해 알 수 있었다.

세 번째 날 밤, 상한 감정이 어느 정도 누그러든 스핑키는 빗소리를 들으며 해먹에 누워 생각한다.

'어쩌면 식구들이 잘 몰라서 그랬는지도 몰라. 어쨌든 지금은 잘하려고 노력하고 있잖아. 식구들이 그렇게 군 게 꼭 식구들만의 잘못일까?'

스핑키는 화를 풀면서도 우스운 꼴이 되지 않는 법을 밤새 고민한 끝에 정말 멋진 방법으로 가족에게 돌아간다. 이 장면을 본 후 아들에게는 혼자만의 시간과 공간이 필요할 뿐이고, 조금 지나면 가장 자기다운 모습으로 마음의 문과 방문도 열리겠구나, 하는 생각이 들었다. 그리고 머지않아 진짜 그렇게 되었다.

〈인사이드 아웃〉이라는 애니메이션에는 사춘기 소녀 '라일리'의 감정을 좌우하는 다섯 가지 감정인 '기쁨, 슬픔, 버럭, 까칠, 소심'이 등장한다. 이들은 때에 따라서 다양한 감정을 느낄 수 있게 해준다. 감정 컨트롤 본부의 리더 격인 기쁨은 늘 모든 것을 기쁘고 즐겁게 해결해서 라일리가 밝고 긍정적인 상태를 유지할 수 있도록 도와준다. 그런데 어느 날, 기쁨과 슬픔이 본부를 이탈하게 되고, 이사로 인해 가뜩이나 불안한 마음이던 열한 살 소녀 라일리는 이전과 다르게 버럭 화를 내고, 때론 까칠하게, 때론 소심하게 말하고 행동한다.

결국 우여곡절 끝에 기쁨과 슬픔이 감정 컨트롤 본부로 돌아오게 되면서 라일리도 원래의 모습을 되찾는다는 내용이다.

그 과정에서 그동안 라일리의 기분을 주로 통제하던 기쁨은 여러 가지 기억을 되돌아보다 기쁨의 이면에 숨은 슬픔을 보게 된다. 기쁨은 그동안 자신에게 좋은 것만 보고 싶어 했기 때문에 라일리의 마음 한쪽에 존재하던 슬픔을 돌아보지 못한 것을 깨달으며 반성한다. 그리고 슬픔이 있기에 라일리가 올바르게 성장할 수 있다는 것을 깨닫는다.

이처럼 사람의 감정에는 무조건적으로 좋거나 나쁜 것은 없다. 모든 감정에는 다 그럴 만한 이유가 있을 뿐이다. 모든 감정은 다 괜찮다. 다만 사람은 욕구가 채워졌을 때는 만족스럽고 편안한 마음이 되기 때문에 나도 좋고 타인에게도 좋은 감정이 생긴다. 반면 욕구가 채워지지 않았을 때는 불편하고 불안하고 불만족스럽기에 마음이 안 좋다. 그러니 불편한 감정이 들 때는 자신을 비난하기보다 친절하게 대하며, 나에게 지금 필요한 것이 무엇인지 생각하고 채워주는 것이 필요하다.

　　스핑키나 라일라처럼 누군가에게 존중받지 못했거나, 급격한 환경의 변화 또는 상실 등의 이유로 상처 입은 마음이 불편한 감정으로 떠오를 때, 흔히 이를 억누르거나 외면하고 아무렇지 않은 듯 행동하기가 쉽다. 그러나 그 감정을 외면하면 전혀 상관없는 사람이나 상황에서 폭발하게 된다. 때문에 어떤 감정이 올라오든 가만히 느껴보며 스핑키처럼 나만의 시간과 공간을 가져보는 것이 좋다.
　　나 역시 스핑키의 다소 극단적으로 보이는 모습을 따라해 본 경험이 있다. 그랬더니 오랜 시간 나 자신을 돌보지 않고 스스로 슈퍼우먼인양 '괜찮아. 할 수 있어. 다시 해보는 거야!'

를 외치며 달려온 시간이 결코 말처럼 괜찮지 않았다는 것을 용기 있게 마주할 수 있었다. 그리고 스핑키처럼 내가 마음껏 나다울 수 있는 시간과 공간을 마련했다. 그렇게 했기에 지금 이 책도 쓸 수 있었음을 고백한다. 사람은 자신의 감정에 정직하게 반응하고 책임질 수 있을 때, 이전보다 훨씬 강해진다. 그리고 아주 자연스럽게 본래의 나를 회복한다.

- 당신은 언제 어떤 상황에서 주로 화가 나나요?

- 당신의 상한 감정을 어떻게 돌보고 있나요?

- 아직까지 남아 있는 마음 깊은 곳의 불편한 감정이 있다면 무엇인가요? 그 감정이 다시 생길 때마다 어떻게 돌볼 수 있을까요?

- 그 선택이 당신에게 도움이 되나요?

"엄마, 미워!"라는 말 속에 숨은
"엄마, 안아줘"라는 아이의 말을 들을 수 있기를 기도한다.
무엇보다 엄마 자신의 내면에서
아우성치는 소리도 들을 수 있기를.
자기 자신을 있는 그대로 공감할 수 있는 사람만이
타인도 공감하고 사랑할 수 있다.

《안아 줘!》
제즈 앨버로우 글·그림 | 웅진주니어

서로의 체온을
느낄 때

한 사람이 세상에 태어나 어른이 되기까지 가장 필요한 것이 있다면 주양육자의 사랑과 돌봄이다. 아기는 따뜻한 돌봄과 사랑을 통해 세상이 믿을 만하고 안전한 곳이라고 여긴다. 좋은 관계 속에서 충분한 관심과 지지를 받은 아이는 세상 속으로 용감하게 나아간다. 실수하고 부족한 면이 있지만 그 자체를 인정하고 존중해주는 안정된 관계를 경험한 아이는 자기 자신을 있는 그대로 사랑하게 된다. 아이는 성장함에 따라 스스로 해낼 수 있는 일도 많아지고 책임질 수 있는 것도 많아진다. 그렇게 용기와 자신감이 생긴 아이는 세상에서 만나는 사람을 기꺼이 받아들이고 사랑하고 존중하며 살아간다.

그러나 모든 생명체는 각자가 원하는 사랑의 모양과 양이

다르다. 엄마와 아이가 주고받는 몸짓이 서로 다를 경우, 그들은 수없이 애쓰지만 결국 단 한 번의 공감과 애착을 경험하지 못한 채 어른이 되기도 한다. 한번도 온전히 안겨본 기억이 없기에 누군가를 안기도 어렵고, 누군가에게 안기기는 더욱 어렵다. 이들에게 공감은 너무나 추상적인 단어로 느껴진다. 말과 지식으로 가르치고 배우는 데에는 한계가 있다. 반드시 몸으로 경험으로 배워야 하는 것이 있다. 누군가를 온전히 이해해보는 경험, 그를 온몸으로 안아보는 경험, 때론 내가 안겨보는 경험, 이런 단순한 몸짓을 허용하고 기꺼이 할 수 있을 때, 공감이라는 단어는 구체적인 느낌으로 다가온다.

제즈 앨버로우의 《안아 줘!》는 관계 맺기와 공감에 대해 가르쳐주는 책이다. 이 책에는 처음부터 끝까지 "안아 줘"와 "안았네" 두 말밖에 나오지 않는다. 주인공 '보보'는 엄마의 사랑을 듬뿍 받고 자란 아기 원숭이다. 혼자서 신나게 숲속을 돌아다니는 보보의 모습을 보면 그동안 얼마나 엄마의 따뜻한 사랑과 안전한 돌봄을 받으며 자랐는지를 짐작해볼 수 있다.

보보는 호기심 어린 눈으로 커다란 엄마 코끼리와 아기 코끼리가 안고 있는 모습을 보며 다가가 "안았네"라고 말한다. 그리고 코끼리에게 겁도 없이 다가가 "안아 줘"라고 말한다.

하지만 코끼리는 그 말이 무슨 뜻인지 알지 못했다. 그저 보보를 머리 위에 태우고 초원을 걸어간다. 그곳에서 표범과 기린, 하마 가족이 서로를 안고 있는 모습을 보자 보보는 그만 울음을 터뜨리듯 큰 소리로 "안아 줘!" 하고 소리친다. 그러나 보보가 아무리 울어도 동물 친구들은 도와줄 방법을 찾지 못한다. 그저 바라볼 뿐 보보가 원하는 것이 무엇인지 모른다.

그때 멀리서 보보의 울음소리를 듣고 엄마 원숭이가 달려온다. 보보는 언제 울었냐는 듯이 벌떡 일어나 엄마를 향해 달려간다. 그리고 엄마와 보보는 세상에서 가장 행복한 표정을 지으며 꼬옥 안는다. 그 모습을 지켜보던 동물 친구들은 보보가 절규하며 말한 "안아 줘"가 무슨 뜻인지 이해하게 된다. 그리고 서로가 서로를 안아준다.

어쩌면 아이가 부모에게 심통을 부리고 말썽을 피우면서 "엄마, 미워!"라고 하는 말 속에는 "엄마, 안아 줘"라는 마음이 숨어 있는지도 모른다. 엄마가 아이를 있는 그대로 인정하고 존중했을 때 비로소 아이와 공감할 수 있다. 엄마라는 역할에 사로잡혀서 지금 아이가 원하고, 엄마가 원하는 것을 외면 한 채 세상에서 정해놓은 과제와 문제를 해결하는 삶에만 몰두하고 있다면 절대로 아이의 외침을 들을 수 없다.

"엄마, 미워!"라는 말을 할 수 밖에 없는 아이의 마음을 그저 있는 그대로 공감해보자. 자신을 이 세상에 태어나도록 한 근원, 엄마가 없으면 단 한순간도 살아갈 수 없다는 것을 분명히 알면서도 "엄마, 미워!"라고 말할 수밖에 없는 아이의 마음은 얼마나 아프고 힘들까. 동물 친구들이 울고 있는 보보를 바라보고 관심을 갖기는 했지만 정말로 원하는 것을 줄 수는 없었다. 생존을 위해 필요한 의식주와 학습은 누군가 대신 해결해줄 수 있다. 그러나 엄마만이 줄 수 있는 가장 위대한 몸짓이 있다. 바로 아이를 사랑과 존중의 눈으로 바라보고 안아주는 것이다.

그런데 엄마 역시 완벽한 것만은 아니다. 안겨본 경험도 안아본 경험도 많지 않았기에 아이가 바라는 사랑과 관심을 온전히 전해주는 것이 어려울 수 있다. 그래서 나는 실제로 엄마들과 만나는 시간에 안아주기를 직접 해볼 수 있도록 한다. 낯선 두 사람이 짝이 되어 서로의 모습을 바라보고 인사를 나눈다. 어색한 분위기를 뒤로 하고 침묵 속에서 상대의 눈을 지그시 바라본다. 눈을 바라보며 잠깐 동안 인사를 나눈 것뿐인데 마주 앉은 이의 마음이 전해지는 것을 느낀다. 이렇게 마음의 준비가 되었을 때 한 발 다가가 두 팔을 활짝 벌려 보보 엄마와 보보가 안듯이 서로를 꼬옥 안아본다. 대부분 어색한 나머지 웃으며 토닥토닥 하고 안는다. 토닥토닥 안은 후에는 쓰담쓰담 안는 느낌을 비교하게 한다. 그리고 1분간 아무 말도 몸짓도 하지 않고 서로를 꼬옥 안아본다. 많은 엄마들이 그저 누군가를 안은 것뿐인데 가슴이 뭉클해져 울어버린다.

엄마라는 이름으로 아이가 똘똘하게 잘 자라기를 바라는 마음으로 무던히도 애를 쓰며 엄마표 교육을 실천하지만, 아이와의 애착에 문제가 생기고 급기야 서로를 공격하는 모습으로 사랑을 표현하게 되는 경우를 너무나 많이 봐왔다. 우리 엄마들이 "엄마, 미워!"라고 외치는 아이의 말 속에 꽁꽁 감춰져 있는 "엄마, 나를 좀 안아 줘. 내 마음 좀 알아 줘"라는 말을 들을 수 있기를 바란다. 무엇보다 엄마의 말과 행동이 자신의 내면에서 아우성치는 소리를 들을 수 있기를 바란다. 자기 자신을 있는 그대로 공감할 수 있는 사람만이 타인도 공감하고 사랑할 수 있기 때문이다.

• 당신은 누군가에게 온전히 안겨본 경험이 있나요?
  상대는 누구였고 어떤 기분이 들었나요?

• 당신이 누군가를 온전히 안아본 경험이 있나요?
  마찬가지로 누구였고 어떤 기분이 들었나요?

- 당신은 누군가에게 안기고 싶을 때 '안아 줘'라는 메시지를 어떤 말이나 몸짓으로 표현하나요?

- 토닥토닥, 쓰담쓰담, 꼬옥 안아보는 경험을 실제로 하고 그 느낌을 적어보세요.

놀이에 빠져 웃고 뛰고 재잘거리는 아이들의 모습을 보면
욕구가 충족된 상태의 인간이 어떤 모습인지 알 수 있다.
욕구가 충족된 사람은 아름답다.
스스로 욕구를 충족시키며 원하는 삶을 살아갈 때
비로소 나다움이 회복된다.

《돼지책》

앤서니 브라운 글·그림 | 허은미 옮김 | 웅진주니어

가끔 산책길에 일부러 동네 유치원이나 초등학교 앞을 지나
갈 때가 있다. 그럴 때면 운동장에서 뛰어노는 아이들의 소리
를 멀찍이서도 들을 수 있다. 그 소리를 들으면 왠지 모르게
기분이 좋아지고 얼굴에 미소가 머금어진다. 좀 더 가까이 다
가가 아이들의 모습이 보이기 시작하면 어찌나 밝고 예쁜지
나도 모르게 "에구, 예뻐라" 하는 감탄사가 흘러나온다.

   놀이에 빠져 웃고 뛰고 재잘거리는 아이들의 모습을 보면
욕구가 충족된 상태의 인간이 어떤 모습인지 알 수 있다. 아
이들은 자신에게 필요한 것이 무엇인지 직관적으로 알아차린
다. 그리고 그것이 충족되지 않을 때는 화를 내거나 시무룩해
진다. 어른도 마찬가지다. 자신의 욕구를 외면한 채 해야 하
는 일, 다른 이들에게 인정받는 일에만 신경을 쓰고 살다 보

면 활력이 사라지고, 무기력과 우울한 감정이 찾아온다.

오랜 시간 억눌린 욕구는 오감을 돌처럼 마비시킨다. 그렇게 해야만 참기 힘든 시간을 지날 수 있기 때문이다. 직장에서의 불합리한 일처리와 모욕적인 언사를 참아내고, 결혼 전에는 예상조차 하지 못했던 가족 관계 안에서의 다양한 갈등과 소통의 어려움을 견디며, 육아와 살림을 감당하다 보면 차라리 돌처럼 욕구를 마비시켜버리는 편이 낫다고 생각할 수도 있다. 아니 살다 보니 그런 생각할 틈도 없이 어느새 해야하는 일에만 반응하고, 하고 싶은 일을 기대하는 삶이 아닌, 누군가에 의해 벌어진 문제를 수습하는 삶을 살아가고 있는 자신을 만나게 된다. 하고 싶은 것, 좋아하는 것을 생각해볼 겨를도 없이 훌쩍 시간이 흐른다. 대부분 직장 생활 10년 차, 결혼 생활 10년 차쯤 되면 브레이크가 걸리기 시작한다. 물론 자신의 감정조차 느낄 수 없을 정도로 무뎌진 이들은 이보다 더 오래오래 마음의 돌덩이가 쇳덩이가 될 때까지도 참고 또 참으며 살아가기도 한다.

나 역시 결혼 10년 차 때부터 삐걱거리던 것을 눈치채지 못했고 참고 견디면 다 지나가고 행복한 미래가 있을 거라 믿었다. 시대가 말하는 흔한 해피 엔딩을 막연하게 기대하며 살았다. 그러던 어느 날, 앤서니 브라운의 《돼지책》을 보게 됐다. 무표정한 표정에 개성이라곤 조금도 느껴지지 않는 옷을 입은 엄마가 말끔하게 차려 입은 남편과 두 아들을 업고 있는 기괴한 그림을 본 순간 그 모습에서 나를 느꼈다.

《돼지책》의 가족이 아침저녁으로 하는 말이라곤 "여보, 빨리 밥 줘" "엄마, 빨리 밥 줘요" 뿐이다. 엄마는 숨소리도 내지 않고 표정 없는 얼굴로 설거지를 하고 침대를 정리하고, 바닥 청소를 하고 일하러 간다. 저녁에 돌아오면 또 밥을 달라는 그들에게 식사를 챙겨주고 먹자마자 설거지를 하고 빨래를 하고, 다림질을 하고 다음 식사 때 먹을 것을 만든다. 이 가정은 누구 하나 대화를 시도하는 사람이 없다. 엄마는 가족을 짐처럼 여기고 그들과 같은 공간에 있지 않는다.

그러던 어느 날 퇴근해 돌아온 남편이 "어이, 아줌마, 빨리 밥 줘"라고 말한다. 이 말이 엄마를 일깨웠다. 엄마는 너무 오랜 시간 감정을 얼려버리고 살았기에 '아줌마'라는 말을 듣고도 평상시와 같이 저녁을 차리고 설거지를 하고 빨래를 하고, 다림질을 하고 먹을 것을 조금 더 만들었다. 하지만 엄마의 마음속에서는 뭔가 반응이 일어났음이 틀림없다.

다음 날 엄마는 "너희들은 돼지야"라는 메모를 남기고 집을 나간다. 엄마가 사라진 집은 하루하루 돼지우리로 변한다. 그리고 말끔하던 아빠와 아이들도 돼지로 변한다.

더 이상 먹을 것 하나 없이 비참한 상태가 되었을 때 엄마가 돌아온다. 엄마는 이전과 전혀 다른 모습이다. 머리를 깔끔하게 손질하고 빨간색 옷을 입고 얼굴에는 생기가 돌며, 미소를 머금은 당당하고 자비로운 모습으로 돼지 가족 앞에 서 있다.

그리고 모든 것이 달라진다. 가족은 서로 도우며 설거지와 침대 정리와 다림질을 한다. 그들은 달라진 배려를 통해 진정한 사랑을 느끼고 행복한 미소를 짓는다. 엄마는 이전에 하지 않던 자동차를 수리하며 활짝 웃는다.

《돼지책》 속의 엄마는 오랜 시간 자신의 욕구를 무시한 채 스스로 엄마라면 마땅히 해야 한다고 생각하는 일만 하며 살았다. 그리고 어렵고 힘들다는 내색을 하지 않았다. 오로지 자기 혼자서 다 해내야 한다고 생각했거나, 남편과 아이들을 무능력한 혹은 자기만 아는 인정머리 없는 이기주의자로 생각하고 살았는지도 모르겠다.

집을 나갔다 돌아온 엄마에게 무슨 일이 일어난 걸까? 책에는 소개되어 있지 않지만 돌아온 엄마의 모습과 이후 가족에게 일어난 변화를 보고 추측해볼 수 있다. 아마도 미용실에 가서 자신에게 맞는 헤어스타일로 손질을 했을 것이고, 좋아하는 색의 옷을 사 입고, 어딘가로 여행을 다녀왔을 수도 있다. 그리고 누군가와 오랜 시간 동안 마음속에만 간직했던 이야기를 나누었을지도 모른다. 무엇보다 지금까지 살아온 인생에 대해 돌아보며 위로하는 시간을 가졌을 것이다. 그렇게 자기를 돌아보고 비워내며 그 모든 것이 자신의 선택이었음을 인식한 후, 달아나지 않고 새롭게 살기로 선택한 것이 아닐까.

자신의 욕구를 채우지 못하고 늘 남들이 하라는 일만 하며 사는 사람은 진정한 삶의 기쁨을 누리기 어렵다. 타인이 바라는 삶을 위해 자신을 삭제하기 때문이다.

욕구가 충족된 사람은 아름답다. 그러기 위해서는 자신의 욕구가 무엇인지 먼저 알아야 한다.

지금 이 순간 나는 무엇을 원하는가. 무엇을 좋아하고 싫어하는가. 무엇이 하고 싶고, 가고 싶고, 되고 싶고, 배우고 싶은지는 아주 간단한 질문이지만 개인의 핵심 욕구를 찾아가는 데 중요한 역할을 한다.

이 질문에 대한 답이 쉽게 구해지지 않는다면 늘 반복하던 일상을 잠시 멈추거나, 가까이 있는 이들의 조언을 들어보는 것도 좋다. 어떤 조언은 자신과 맞지 않거나 낯설게 들릴지도 모르지만 시도해보는 노력이 있을 때 나도 모르던 욕구를 발견할 수 있다. 진정 원하는 삶을 살아갈 때 우리는 비로소 나다움을 회복한다. 그리고 자신의 일에 몰입하며 힘든 일이 생겨도 절망하고 탓하기보다는 '이제 어떻게 할까?'라고 자문하며 해결책을 찾아 실천하는 삶을 살아간다.

- 미국의 심리학자 윌리엄 글래서 박사는 인간의 기본
  욕구를 자유의 욕구, 생존의 욕구, 사랑과 소속의 욕구,
  힘과 성취의 욕구, 즐거움의 욕구로 분류했습니다. 지금
  당신에게 가장 소중한 욕구는 무엇인가요? 그의 이론을
  바탕으로 재구성한 표를 보면서 동그라미 쳐보세요.

자유의 욕구	자신의 꿈, 목표, 가치를 선택할 수 있는 자유, 그것을 이루기 위한 방법을 선택할 자유, 창조, 성장, 독립, 열린 마음
생존의 욕구	공기, 음식, 물, 주거, 휴식, 수면, 안전, 신체적 접촉, 성적 표현, 따뜻함, 부드러움, 편안함, 돌봄을 받음, 보호받음, 애착 형성, 자유로운 움직임, 운동, 절약, 보수적 성향, 균형 잡힌 식생활,
사랑과 소속의 욕구	봉사, 친밀한 관계, 유대, 소통, 연결, 배려, 존중, 공감, 상호성, 이해, 수용, 지지, 협력, 도움, 감사, 인정, 승인, 사랑, 애정, 관심, 호감, 우정, 가까움, 나눔, 소속감, 공동체, 안도, 위안, 신뢰, 확신, 예측가능성, 정서적 안전, 자기 보호, 일관성, 안정성, 정직, 진실
힘과 성취의 욕구	인정, 칭찬, 조언, 지시, 능력, 성공, 성취, 평가, 자존감, 자기 효능감, 존재감, 리더, 전문성, 탁월성, 목표, 자기신뢰, 자기표현, 성장, 숙달, 중요하게 여겨짐
즐거움의 욕구	즐거움, 놀이, 유머, 흥, 크게 웃기, 배움, 게임, 도전, 독서, 여행, 영화 감상, 음악 감상, 창의적 발상, 열정

- 건강·돈·시간·능력 등 그 어떤 걸림돌도 없다면 당신이 진정 하고 싶은 것은 무엇인가요?

- 지금 나의 현실에서 위 대답을 이루기 위해 할 수 있는 것은 무엇인가요?

- 욕구가 충족된 상태의 당신을 그려보세요.
  (사물이나 동물 등으로 비유해서 표현해도 좋습니다.)

1인용 소파 하나에 다 같이
함께 앉아 활짝 웃고 있는
가족의 모습은 신선한 충격으로 다가온다.
그 모습은 곁에 있는 사람에 대한 소중함을 일깨운다.

《엄마의 의자》
베라 B. 윌리엄스 글·그림 | 최순희 옮김 | 시공주니어

곁에 소중한 이가
있다면 됐다

오래전 한 공원에서 〈환상가족〉이라는 조각상을 본 적이 있다. 아빠, 엄마로 보이는 어른 두 명과 초등학생과 유치원생 정도 되는 딸과 아들이 서로 손을 잡고 서 있는 모습. 이 조각은 내 마음에 깊이 각인되어 그날 이후 '행복한 가족'을 정의하는 이미지로 자리잡았다.

　당시 나는 네 살 된 아들을 키우는 중이었다. 그런데 조각을 본 후 우리 가족에게는 아들이 하나뿐이라는 점이 뭔가 부족하지 않나 싶은 생각이 들었다. 그래서 아주 오랫동안 아이를 하나 더 낳지 못한 나를 문제가 있는 사람이 아닐까 여기기도 했다. 입양을 고려하기도 하고, 아기를 더 낳을 수 있는 여러 방법을 찾아보기도 했지만 나는 여전히 한 아이의 엄마로 살고 있다.

이제 그 아들은 대학생이 되었다. 《엄마의 의자》는 아들이 아주 어렸을 때 처음 본 책이다. 주인공인 여자아이는 식당에서 일하는 엄마를 도와 일하며 유리병에 동전을 모은다. 엄마가 일을 끝내고 집으로 돌아와 쉴 새 의자를 사기 위해서다. 전에 살던 집에 불이 나서 가구가 다 타버리자 이웃사람들이 살림살이를 갖다주었지만, 아직 의자는 마련하지 못했다. 마침내 유리병에 돈이 가득 차는 날, 엄마와 아이는 그동안 '꿈꿔온 의자'를 산다.

당시에는 《엄마의 의자》를 보며 커다란 유리병에 동전을 모으는 그 자체가 재미있게 느껴졌다. 마음속에 품은 소박한 꿈을 위해 날마다 한 푼 두 푼 모으는 모습에 내 마음까지 행복해졌다. 우리 가족도 아주 커다란 돼지 저금통을 마련해서 동전을 모으던 기억이 있다. 그 시절 우리 세 식구는 날마다 웃으며 재미있게 지냈다. 걱정거리라곤 없었고, 언제까지나 작은 소망을 공유하며 함께 기뻐하리라고 생각했다.

그로부터 15년의 시간이 흐른 뒤, 내 마음에 커다란 구멍 하나가 뻥 뚫려버린 어느 날, 다시 펼쳐든 《엄마의 의자》는 전혀 다르게 다가왔다.

이 책의 작가 베라 B. 윌리엄스는 서문을 통해 자신이 어린 시절 힘들게 가게를 꾸리던 어머니에 대한 사랑을 밝혔는데, 나 역시 쉰 평생 작은 식료품점을 꾸리며 밤낮없이 일만 하던 우리 엄마 이순자 여사가 떠올랐다. 내가 어릴 때 우리 가족은 좀처럼 함께 모이지 못했다. 엄마는 늘 가게를 보느라 바빴고, 아버지는 새벽이면 가게에서 팔 물건을 사러 도매시장에 다녀온 후 낮에는 여기저기에서 일을 보거나 놀러 다니셨다. 나를 포함해서 딸 둘에 아들 하나가 있었지만, 누구도 엄마를 도와서 가게 일을 대신 감당해주는 사람은 없었다. 우리는 모두 나 몰라라 했다. 엄마는 겨울이면 손발이 얼어서 다 터져가면서도 힘들다 소리 한 번 하지 않았고 묵묵히 일만 하셨다. 그러다 내가 대학을 입학하던 해에 아버지가 돌아가셨다. 엄마는 혼자 힘으로 세 아이를 가르치고 시집 장가를 보냈다.

　나는 어려웠던 가정 형편과는 다른 가족에 대한 이상향을 갖게 되었다. 결혼을 하고 나서는 '환상가족'의 모습대로 살고 싶었다. 집을 예쁘게 꾸미고 화장실에는 물 한 방울 떨어져 있지 않게 관리했다. 예쁜 꽃으로 집 안을 장식하고, 수건 한 장도 각을 잡아 똑바로 걸려 있어야 했다. 그리고 아들과 남편의 옷차림에도 끔찍이 신경을 썼다. 아들은 초등학교 들어가기 직전, 나의 교육관이 바뀌기 전까지 영국 이튼스쿨의

학생처럼 외출을 할 때면 셔츠에 조끼에 모자까지 썼다. 집에 있을 때도 내복만 입혀서 편하게 해주는 것이 아니라 언제든지 남이 보아도 좋을 만한 것을 입혔다. 그렇게 여성지 화보처럼 예쁘게 연출하며 살았다. 그 당시에는 이런 스스로를 대견하게 생각했다.

그러다 마흔이 되었을 때, 나는 매우 우울했고 자주 죽고 싶었다. 남편에 대한 신뢰에 금이 가면서 이해할 수 없는 부분이 많아지고 결국 별거를 할 수 밖에 없었다. 내가 그토록 그리던 '환상가족'은 물 건너간 일이 되었다. 나는 홀어머니로 외아들을 키우고 늙어갈 나를 상상하며, 스스로를 더 비참하게 만들기 위해 애쓰는 사람처럼 말하고 행동했다.

그때 《엄마의 의자》를 다시 읽게 되었다. 주인공의 엄마는 매일 늦게까지 식당에서 일을 한다. 하루 종일 서 있기에 몹시 힘들 텐데도, 학교가 끝나고 식당에 찾아온 아이를 밝은 모습으로 맞아준다. 아이에게 책임을 다하는 어머니의 모습을 보며 나를 돌아보았다.

이 가족은 병에 동전을 가득 모으자 '멋있고, 아름답고, 푹신하고, 아늑한 안락의자'를 산다. 낮에는 할머니가 창가에 두고 앉아 지나가는 사람과 이야기를 나누고, 밤이 되면 일을 마치고 온 엄마가 몸을 맡기고 앉아 텔레비전 뉴스를 본다. 식사 후에 아이는 엄마 무릎에 안겨 잠이 든다.

객관적인 기준으로 보았을 때 그들은 행복한 가족의 조건을 가지지 못했다. 하루 종일 식당에서 일하는 가난한 홀어머니와 어린 딸 그리고 노모. 게다가 1년 전에 집에 불이 나서 그나마 가지고 있던 살림살이도 몽땅 타버렸다. 어떻게 이런 상황에서 저렇게 행복한 미소를 지을 수 있을까. 그러나 그들의 일상을 자세히 들여다보면 그 비밀을 알 수 있다.

1년 전, 주인공의 엄마가 모처럼 쉬는 날. 모녀는 예쁜 원피스를 입고 나들이를 한다. 남의 집 화단에 핀 꽃을 보며 부러워하고 신세를 한탄하기보다는 지금 여기, 그 순간 꽃이 주는 활기를 느끼며 행복해한다. 그러다 집에 불이 난 것을 알게 된 엄마는 신발을 벗어 들고 필사적으로 달려가 할머니와 고양이의 생사를 확인한다. 다행히 모두 무사했다. 엄마는 무엇보다 소중한 것은 재산이 아닌 가족이라는 것을 안다. 살림살이는 몽땅 타버려서 아무것도 남지 않았지만 억울해하며 울기보다는 덤덤하게 그 시간을 견뎌낸다.

기꺼이 이웃의 도움도 받는다. 이모와 이모부, 이웃의 도움으로 빈 집에 필요한 물건을 모두 선물로 받는다. 이웃들은 집들이에서 함께 먹을 피자·케이크·아이스크림, 집에 둘 침대·커튼·양탄자·냄비·프라이팬·은그릇, 그리고 곰 인형까지 자신들이 사용하던 것을 내준다. 그 물건 하나하나에는 그래서 전 주인에 대한 이야기가 담겨 있다.

물건을 받은 할머니는 감사의 인사를 전하며 자신들은 다시 시작할 수 있을 거라고 말한다. 도움을 받지만 지금의 처지를 비관하지는 않는다. 걱정하는 사람들에게 오히려 잘될 거라는 희망의 마음을 전하고 있다. 할머니와 엄마 그리고 아이가 어려움을 이겨나가는 모습, 문제를 대하는 방식은 이토록 속 깊다. 이들이 왜 행복한 가족인지 알 수 있게 해주는 대목이다.

《엄마의 의자》에서 내가 제일 좋아하는 장면은 예나 지금이나 똑같다. 이웃 사람들이 길게 줄을 지어서 각자 준비한 선물을 이고 지고 가슴에 안고 모여드는 모습이다. 마치 축제를 준비하러 모이는 것 같다. 모든 것을 잃어버렸어도 작고 소소한 사랑의 마음을 주고받을 수 있는 가족과 이웃이 있다면 얼마든지 다시 시작할 수 있다는 것을 보여준다.

이 가족은 이미 가진 것을 누리고 행복해하며, 오지 않은 미래에 대한 불안보다 지금에 감사하는 삶의 방식을 선택했다. 엄마도 혼자 애쓰기보다 아이와 할머니, 이웃의 도움을 기꺼이 받았다.

그들의 모습에서 나는 당시 막막하게만 느껴지던 상황을 다시 점검하고 앞으로 나아가는 계기를 찾을 수 있었다. 가족. 가깝고도 먼 그 이름을 불러보며 다시 서로를 꼭 안아보리라 다짐하고 다가갈 수 있었다.

마음에게 하는 질문

- 당신이 생각하는 행복한 가족의 조건은 무엇인가요?

- 그중에서 당신이 진실로 원하는 것은 무엇인가요? 또 그
  이유는 무엇인가요?

- 지금 당장 그것이 있다면 어떤 마음이 들까요?

- '행복한 가정'에 대한 나만의 정의를 한 문장으로
  표현해보세요.

미래에 대한 두려움으로
서로에 대해 끊임없이 판단하고 간섭하면서
그것을 사랑이라고 생각한다면
이제는 멈춰야 할 때다.

《언제까지나 너를 사랑해》

로버트 먼치 글 | 안토니 루이스 그림 | 김하루 옮김 | 북뱅크

"사랑해"라고
말해본다

두고두고 읽을 때마다 감동을 주는 그림책이 있다. 지금을 기준으로 삶의 이전과 이후를 생각해보게 하는 책 《언제까지나 너를 사랑해》가 바로 그렇다. 한 아이가 태어나서 어른이 되기까지의 이야기를 담은 이 책을 가만히 읽다 보면 나도 모르게 가슴이 벅차오르고 눈물이 흐른다.

　"너를 사랑해"로 시작되는 자장가는 그림책 속 엄마가 갓 태어난 아기를 품에 안고 부르는 노래다. 책의 마지막 장까지 모두 다섯 번이나 등장한다.

　아기가 자라 호기심 많은 말썽꾸러기 두 살이 되어 집 안을 난장판으로 어지를 때, 엄마는 힘들다고 말하면서도 밤이 되면 아이를 품에 안고 여전히 노래를 부른다. 아이가 아홉 살이 되어 어른의 말을 듣지 않고 버릇없게 행동할 때면 화를 내지만 밤이 되면 아이에게 어김없이 노래를 불러준다. 사춘기 소년이 된 아이는 이상한 친구들과 사귀고 이상한 옷을 입고 이상한 음악을 들으며 자기만의 세계에 빠져든다. 아들의 어질러진 방을 보며 힘들어하는 엄마지만 밤에는 여전히 다 큰 아들의 등을 부드럽게 토닥거리며 노래를 부른다. 아이가 더 자라 어른이 되고 집을 떠나 이웃마을에 살게 됐을 때도 엄마는 가끔 버스를 타고 가서 잠든 아들을 안아본다. 이제는 성인이 된 아들에게 노래를 불러준다.

이렇게 아이가 자라는 동안 엄마는 점점 늙어간다. 어느 순간부터 아들에게 가는 것이 힘들어지자 와달라고 청한다. 도착한 아들에게 노래를 불러주지만 힘에 벅차 끝까지 부르지 못한다. 아들은 삶의 모든 순간마다 곁에서 사랑의 노래를 불러준 어머니를 품에 안고 "사랑해요 어머니"로 시작하는 답가를 부른다.

그날 밤, 집으로 돌아온 아들은 이제 막 태어난 자신의 딸을 품에 안고 평생을 들어온 어머니의 노래를 들려준다.

《언제까지나 너를 사랑해》를 만난 것은 2005년의 일이다.

당시 내 아이가 여섯 살이었는데 이제 스무 살이 된 아들과 함께 읽어도 여전히 좋은 내용이다. 나는 그 어떤 육아·교육서보다 이 책을 통해 더 많이 배우고 위로를 받았다. 일과 육아를 병행하며 독박육아를 하던 시절, 너무 힘들어서 올라오는 감정을 통제하지 못하고 화를 버럭 낸 날이면 이 책을 보고 마음을 다스릴 수 있었다. '나만 이런 게 아니구나. 우리 아이만 장난을 치며 말썽꾸러기 같은 행동을 하는 것이 아니구나. 아이는 원래 이렇게 자라서 어른이 되는구나. 지금은 철부지지만 언젠가 마음이 따듯한 좋은 어른으로 자라겠구나'라는 생각이 들자, 아이의 모든 성장 과정이 당연하게 받아들여졌다.

그리고 책 속의 엄마처럼 아이를 늘 사랑의 눈으로 바라볼 수 있었다. 매일 밤마다 토닥토닥 품에 안고 불러주던 자장가는 여전히 우리에게 잊지 못할 추억으로 남아 있다. 아이가 초등학교·중학교·고등학교에 진학하는 동안에도 당장의 일에 조급해하지 않게 되었다. 아들이 중학생 때 이상한 옷을 입고 시끄러운 음악을 들으며 방문을 닫은 채 혼자만의 세상에 빠져 있을 때조차 나는 지극히 정상적인 성장을 하고 있는 아들을 마음속으로 축하해주었다. 고등학교 때도 눈앞에 닥친 입시보다 고가의 자전거를 사겠다며 돈을 모으는 데 더 신경을 써 난감하기도 했다.

하지만 그때도 잊지 않았다. 지금 보이는 말과 행동이 그 아이의 전부가 아니라는 것을. 때문에 아들과 끊임없이 이야기를 나누고 인정하고 지지하며 사랑의 노래를 불러줄 수 있었다.

이제 대학생이 된 아들은 하루의 많은 시간을 밖에서 보낸다. 가족보다 친구와 세상이 더 큰 관심사다. 이렇게 자라다 좀 더 시간이 지나면 책 속의 아이처럼 집에서 떠나 혼자서 살게 될 것이고, 또 한 가정의 가장이 되고, 한 아이의 아버지가 된다는 걸 생각하면 지금 함께하는 모든 순간이 그저 소중하기만 하다.

《언제까지나 너를 사랑해》를 어머니들과 함께 소리내 읽는 수업을 여러 번 진행했다. 그때마다 우리는 거의 모두가 울었다. 자신을 키워준 엄마가 떠올라서 울고, 아이에게 야단만 치고 있는 현실에 울고, 늙어갈 스스로를 생각하며 울고, 아이를 여태껏 온전히 믿고 사랑해주지 못했다며 운다.

자세한 설명이 없어도 이 책은 각자 독자의 마음에 맞는 감동과 통찰을 전해준다. 아이부터 노인까지 모든 연령대를 위한 책이다.

한 존재가 온전한 어른으로 성장하는 데 가장 필요한 것이 있다면, 끝끝내 그 곁을 지켜주고 사랑의 마음을 전해주는 한 사람이라고 생각한다. 그 한 사람의 말과 행동으로 표현된 사랑이 있으면 아이는 어떤 순간을 만날지라도 온전한 어른으로 자란다. 그러나 그 한 사람의 엄마가 되는 것은 정말 어려운 일이다. 엄마로 사는 것이, 그것도 시종일관 좋은 엄마로 사는 것이 얼마나 어려운 일인가. 거의 불가능한 일임에도 엄마들은 끊임없이 신의 영역인 '변하지 않는 사랑'에 도전장을 내며 꿋꿋하게 육아에 헌신하고 그 시간을 기쁘게 견뎌낸다.

엄마도 화를 낼 수 있다. 아이의 무례한 말과 행동에 대해서는 야단칠 필요가 있다. 다만 그것은 잘못된 행위 그 자체에 대한 것이어야 한다. 존재에 대한 비난과 비판으로 가면 안 된다. 《언제까지나 너를 사랑해》 속 엄마도 아이를 혼낸다. 하지만 인자하고 따뜻하게 느껴지는 것은 '변하지 않는 사랑'으로 아이에게 '안전지대'로서 엄마의 역할을 보여주기 때문이다. 어떤 일이 닥쳐도 살아 있는 한 너를 사랑한다고 고백하는 단 한 사람, 끝까지 믿어주고 견뎌주는 단 한 사람의 힘으로 아이는 자란다.

간혹 아이를 대할 때 마음 깊은 곳에 있는 사랑을 표현하지 못하고, 늘 가르치고 비판하고 훈계하는 것으로 이를 대신하는 부모가 있다. 그러나 이러한 말과 행동은 그 안에 아무리 사랑이 있다고 변명해도 그렇게 받아들여지지 않는다. 사랑한다면 이제부터라도 진짜 사랑의 말과 행동을 선택할 수 있어야 한다.

매일 아침, 해가 뜨고 아침이 올 거라는 사실은 너무도 당연하기에 아무도 그것에 대해 불안해하거나 걱정하지 않는다. 아이의 성장도 우리가 살아가는 인생도 어쩌면 마찬가지가 아닐까. 아이는 자라고 어른은 늙어갈 것이다.

그러니 미래에 대한 두려움으로 서로에 대해 끊임없이 판단하고 비판하고 간섭하면서 그것을 사랑이라고 생각한다면 이제는 멈춰야 할 때다. 좋은 사랑을 하고 있다면 나도 편하고 상대도 편안하다. 나도 성장하고 상대도 성장한다. 그리고 좋은 사랑은 사람이 살아가는 내내 만나게 될 결정적인 상황에서 좋은 선택을 할 수 있는 힘이 된다. 한 아이가 어른이 되기까지 자존감을 지키며 살아가는 데는 어떤 순간에도 변하지 않는 사랑이 반드시 필요하다.

이 사랑은 자기가 스스로에게 줄 수도 있다. 자신을 믿고 인정하고 지지하는 마음을 가지는 것이다. 내가 나를 끝까지 응원하면 힘든 시간은 반드시 지나간다.

　사람에게 어떤 순간에도 살아갈 힘을 주는 한마디가 있다면 그건 "사랑해"이다. 사랑의 마음을 담아 각자의 멜로디로 사랑하는 이와 자신에게 노래를 불러주자.

- 당신에게는 언제나 내 편이 되어주는 단 한 사람이 있나요?
  있다면 누구이고 그 이유는 무엇인가요?

- "그 사람이 사용하는 언어가 곧 그 사람이다"라는 말이
  있습니다. 당신은 사랑하는 사람에게 어떤 말을 주로
  사용하나요? 그 말이 그와 당신을 행복하게 하나요?

- 당신은 주 양육자로부터 어떤 메시지를 듣고 자랐나요?
  마음에 남아 있는 말을 써보세요.

- 당신 자신에게 그리고 사랑하는 누군가에게 불러줄 노래
  가사를 만들어봅시다. (그림책에 소개된 노래를 살짝
  바꾸면 나만의 노래를 만들 수 있습니다.)

한 사람이 평생을 살아가면서 할 수 있는
가장 위대한 몸짓은
바로 행복하게 사는 것이다.

《나무를 심은 사람》

장 지오노 글 | 프레데릭 백 그림 | 햇살과나무꾼 옮김 | 두레아이들

아픔을 씨앗 삼아
숲을 만들다

"작가님, 저는 사실 모두가 부러워하는 대학을 졸업했어요. 하지만 지금은 그저 아이를 키우는 전업맘, 경력단절 여성일 뿐이에요. 이렇게 있다 보니 좋은 학교에 가기 위해 애썼던 시간이 아무것도 아니었다는 생각이 들어요. 공부 잘해서 명문대를 졸업하면 행복할 줄 알았는데 그 말이 꼭 맞는 건 아니라는 것을 이제야 알게 됐어요. 어떻게 살아야 하는지 도무지 모르겠어요."

내가 만난 30대 주부의 이야기다. 비단 전업주부뿐 아니라 유리천장을 뚫어보겠다고 직장에서 애쓰고, 가정에 돌아와서는 전쟁하듯 살아가는 워킹맘에게도 어느 정도 해당되는 이야기일 것이다. 열심히 최선을 다 하고 있지만 아이도 엄마도 남편도 행복하지 않다고 말한다. 끊임없이 애쓰지만 세상이

제시하는 행복의 기준에는 턱없이 부족하다는 생각에 자괴감마저 든다. 내가 원하는 행복이 무엇인지 모르고 살 때 사람은 텔레비전 광고나 드라마에서 '이거 좋은 거야' '이 정도는 누리고 살아야 성공한 삶이지' '이런 게 행복이야'라고 제시하는 것을 기준 삼아 살아간다. 나의 욕구와 바람이 아닌 누군가의 욕망을 모방하는 것이다. 그러나 이와 같은 삶은 시간이 가면 갈수록 사람을 지치고 고갈되게 할 뿐이다.

나 역시 살면서 길을 잃어버렸다고 느끼는 순간이 있다. 삶에 가장 중요한 의미가 되었던 것에서 더 이상 가치를 찾을 수 없게 된 순간, 내가 가지고 있던 모든 것을 다 내려놓아야만 했다. 내면 깊은 곳에서부터 올라오는 존재의 공허함을 견딜 수가 없었다. 산다는 것이 무엇인지, 삶의 목적과 의미를 재구성하지 않으면 더는 살아갈 수 없겠다는 생각이 들었다.
'나는 누구이며 무엇을 위해 살아야 하는가?'
삶의 의미를 찾고 또 찾았다. 질문이 꼬리에 꼬리를 물고 생길 때마다 키워드 검색으로 내게 필요한 책을 찾아 읽고 또 읽었다. 하지만 그것만으로 내 안의 깊은 우울과 때때로 죽고 싶다는 감정을 막을 수는 없었다.
'이렇게 사람이 죽는구나'라고 생각하던 순간《죽음의 수용소에서》(빅터 프랭클 지음, 이시형 옮김, 청아출판사)라는 책을 만났다. 숨이 넘어갈 듯 힘든 순간, 책장에 오랜 시간 꽂혀 있던 이 책이 불현듯 떠올랐다. 응급실에서 약을 처방받는 심정으로 단숨에 읽으며 살아야 할 이유, 삶의 의미를 찾을 수 있었다. 이 책은 나치 강제수용소에서 살아남은 프랭클 박사의 자서전적인 수기다. 나는 《죽음의 수용소에서》를 통해 고통의 순간 속에서도 의미를 발견하고 삶의 목적을 찾는다면 사람은 계속 성장하며 살아갈 수 있다는 메시지를 만났다.

그림책 《나무를 심은 사람》에는 삶의 의미를 잃고 존재의 뿌리까지 흔들리는 경험 속에서도 끝끝내 해야 할 일을 찾은 이가 나온다. 성실하게 살았던 농부 엘제아르 부피에는 하나뿐인 아들과 아내를 연달아 잃자 야생라벤더밖에 자라지 않는 해발 1,200m 지대의 황무지로 들어간다. 홀로 개와 양을 키우며 고즈넉한 삶을 살아가던 노인의 마음에 사람이 살아갈 수 없을 정도로 황폐해진 땅이 들어온 것이다. 삶에서 가장 중요했던 가족을 잃고 고독한 시간을 보내던 그는 그곳을 바꿔보기로 한다. 딱히 거창한 이유가 있는 것은 아니었다. 그는 달리 할 일이 없었기 때문이라고 말한다. 노인은 하루에 100개씩 정성스럽게 고른 도토리를 심고 또 심는다. 3년 간

매일 쉬지 않고 심은 도토리가 10만 개, 그중 2만 개에서 싹이 텄고, 또 그중 절반은 들쥐와 다람쥐가 갉아먹거나 알 수 없는 신의 뜻으로 잃게 될지라도 앞으로 30년 동안 계속해서 나무를 심기로 결심한다. 그리고 30년 후, 사람 하나 살기 어려울 정도로 황폐했던 땅은 만 명의 사람들이 행복한 미소를 지으며 살아갈 수 있는 천국 같은 곳으로 되살아난다.

결과적으로 나무를 심는 일은 세상 사람들에게 이로운 행동이 되었다. 노인의 고된 노동이 있었기에 많은 이들이 행복을 맛볼 수 있었다. 그러나 노인에게는 그 과정 자체가 필요했을 것이다. 가족을 잃은 상실감에 아무것도 할 수 없는 우울한 시간을 지나고 있었던 그에게 죽어가는 땅의 모습은 남달랐을 것이다. 그것은 아들과 아내를 지키지 못한 자의 속죄였을 수도 있고, 홀로 죽어갈 자신에 대한 안타까운 마음이었을 수도 있다.

노인이 사는 곳 인근 마을 사람들은 살아가기 힘든 환경 속에서 서로를 믿지 못했고, 그나마 있는 나무를 베어다 숯을 만들어 팔아먹고 살았다. 희망 없는 삶을 살며 자살이 유행처럼 번지고 온갖 범죄가 들끓었다. 그러나 노인은 달랐다. 이것이 바로 자기를 성찰할 수 있는 사람이 갖는 복이다.

우리는 왜 사는가? 왜 그토록 애쓰며 사는가? 아마도 행복해지기 위해서일 것이다. 그렇다면 행복은 애를 써야만 누릴 수 있을까?

살면서 길을 잃었던 순간, 가족을 잃는 아픔이 있지만 여전히 삶에는 자신만의 행복이 있음을 보여주었던 노인의 이야기를 보면 생각에 잠기게 된다. 역설적이게도 사람은 극도로 불행한 순간을 맞이하고 나서야 진정 행복한 일이 무엇인지 찾고 누릴 수 있게 된다. 나 역시 삶이 멈춰버린 것 같았던 때, 아무 노력을 하지 않아도 숨을 쉬고 있다는 것이 감사했고 그것이야말로 진정한 행복임을 느꼈다. 그 통찰이 있고 나서 있는 그대로의 내가 원하는 것을 실행하며 사는 것, 그것이야말로 나도 행복하고 세상에도 도움이 되는 일이라는 것을 온 마음으로 느낄 수 있었다.

노인도 처음부터 자신이 심은 도토리가 그처럼 거대한 숲을 이룰 거라는 기대를 가지고 시작한 일은 아니었을 것이다. 그저 그때 황량한 땅이 마음에 들어왔고 이곳을 변화시키겠노라고 생각하고 실행에 옮겼을 뿐이다. 그 당시 그에게는 그것이 가장 행복한 일이었고, 그래서 그 일을 계속한 것이다.

아픈 시간은 상처만 남기는 것이 아니다. 참고 깨달으면 반드시 선물을 가져다준다. 그 선물을 받기 위해서는 있는 그대로의 나를 사랑하고 표현하며 살아가야 한다. 내가 나다운 모습으로 살아가다 보면 이 세상에 태어난 목적, 이 세상에 돌려줄 수 있는 고귀한 가치를 발견하게 된다.

내가 웃어야 세상도 웃는다는 말이 있다. 그렇기 때문에 한 사람이 평생을 살아가면서 할 수 있는 가장 위대한 몸짓은 바로 행복하게 사는 것이다.

마음에게 하는 질문

- 당신을 행복하게 하는 것은 무엇 혹은 어떤 상태인가요?

- 고통은 반드시 깨달음을 선물로 가지고 옵니다. 당신이 경험했던 가장 고통스러운 순간을 통해 받은 선물은 무엇인가요?

- 지금 여기, 당신이 이미 가지고 있는 것을 활용해서 하고 싶고 할 수 있는 일이 있다면 무엇인가요?

- 당신이 이 세상과 작별하는 날, 신문에 부고기사가 실린다면 어떤 내용으로 써지길 기대하나요? 생생하게 묘사해봅시다.

나는 있는 그대로
존재만으로 소중하고 특별하다.
이 놀라운 비밀을 알게 되자
세상이 다르게 보이기 시작했다.

《너는 특별하단다》

맥스 루케이도 지음 | 제르지오 마르티네즈 그림 | 아기장수의 날개 옮김 | 고슴도치

단지 나라는 이유만으로
특별하다

마음이 계속해서 부정적인 꼬리표를 붙이는 때가 있다. 이럴 때는 일이 잘못되거나 누군가 실수를 해도 모두 내 탓으로 느껴져 자책과 자기 비난의 말을 쏟아낸다. 여기에 못난이, 모질이, 사고뭉치, 있으나 마나 한 아이, 왕따 등 어린 시절 놀림받았던 기억까지 떠올라 괴롭기만 하다.

이런 부정적인 꼬리표가 계속해서 쌓이면 열등감이 된다. 타인이 그냥 웃자고 한 말도 비난으로 받아들이고, 지나가는 말에도 상처를 받아 과도하게 반응한다.

반면 지나친 우월감에서 비롯된 공주, 스타, 예쁜이, 천재, 모범생 등의 꼬리표도 있다. 얼핏 보면 긍정적이고 별 문제가 없어 보이는 말이지만 이 꼬리표들은 사람을 존재가 아닌 외모나 능력으로 평가하는 것일 뿐이다. 타인이 붙여준 경우도 있지만 스스로가 붙인 우월감 꼬리표를 가진 경우도 있다.

맥스 루케이도의 《너는 특별하단다》는 인간이 서로를 향해 얼마나 많은 판단과 분별을 하며 살아가는지, 얼마나 많은 점표(비난)와 별표(칭찬)를 붙이며 살아가는지 일깨운다.

작은 '나무 사람(웸믹)'이 사는 마을이 있다. 이곳 주민들은 모두 '엘리'라는 목수의 작품으로 제각기 다른 모습을 가졌다. 웸믹들은 날마다 서로에게 별표나 점표를 붙이며 하루를 보낸다. 나뭇결이 매끄럽고 색이 잘 칠해진 웸믹은 항상 별표를 받았고, 칠이 벗겨지거나 외관이 거칠어진 웸믹은 점표를 받았다.

이 모습은 어쩌면 현실에서도 흔한 광경이다. 잘생기고 똑똑하고 좋은 차를 몰고, 넓은 집과 안정된 직장이 있는 사람에게는 흔히 호감이라는 별표가 붙는다. 그러나 부족해 보이는 이에게는 여지없이 반감의 점표를 붙인다. 보이는 것뿐 아니라, 상대와 이야기를 할 때에도 나와 다르게 생각하는 부분이 나타나면 가차 없이 점표와 별표를 붙이며 판단을 내린다. 내 몸에도 여러 개의 점표가 붙어 있었지만 남들이 보지 못하게 감추고, 늘 별표만 잘 보이는 곳에 붙이고 살았다. 마치 온통 별표만 받은 사람처럼.

‘펀치넬로’는 점표를 가장 많이 받은 웹믹 중 하나다. 웹믹들은 그에게 점표가 많다고 점표를 하나 더 붙이기도 했고, 넘어져서 상처가 나면 위로 대신 실수했다며 점표를 붙였다. 펀치넬로는 다른 웹믹들로부터 좋은 나무 사람이 아니라는 평가를 들으며 스스로를 비관한다.

　펀치넬로가 사는 마을이 내려다보이는 언덕 위에는 엘리 아저씨가 살았다. 그는 아무도 자신을 좋아하지 않는다고 생각했기에 아저씨를 만나러 가는 데도 많은 용기가 필요했다. 하지만 아저씨는 그에게 "난 네가 아주 특별하다고 생각해"라고 말한다. 난생처음 특별하다는 말을 들은 펀치넬로는 피식 웃음이 났다. 아마도 거짓말처럼 느껴졌기 때문일 것이다. 그 마음을 읽기라도 한 듯 엘리 아저씨는 펀치넬로에게 "왜냐하면, 내가 널 만들었기 때문이지, 너는 내게 무척 소중하단다"라며 온화한 표정과 목소리로 진실을 전한다.

　이 일로 펀치넬로의 얼굴에 환한 빛이 가득 차올랐다. 그는 아저씨에게 최근에 만난 '루시아'에 대해서 물었다. 루시아는 몸에 점표도 별표도 붙지 않은 나무 사람이었기 때문이다.

　아저씨는 펀치넬로에게 놀라운 말을 들려준다. 루시아는 남들이 어떻게 생각하느냐보다 자신이 어떻게 생각하느냐를 더 중요하게 여기고 있기에, 아무 표가 없는 것이란다.

펀치넬로는 무슨 말인지 이해할 수 없었다. 하지만 엘리 아저씨가 해준 '너는 특별한 나무 사람이란다.'라는 말을 믿기 시작하자, 바로 그 순간 몸에서 점표 하나가 땅으로 떨어졌다.

생각해보니 나는 살아오면서 누구에게도 '너는 특별하단다'라는 말을 들어보지 못했다는 것을 알았다. 새삼스러운 사실을 깨닫자 눈물이 핑 돌았다. 그동안 나는 못생기고 공부를 못하고 집이 가난하고, 사랑받지 못한 존재이자 독설가라고 스스로에게 점표를 수도 없이 붙이고 있었다. 남의 의견이 아니라 혼자만의 생각으로 내가 나에게 붙였다는 것이 더 비참하게 다가왔다. 나는 나의 콤플렉스들을 그토록 중요하게 생각하고 있었던 것이다. 그러나 몸에 어떤 표도 붙지 않는 루시아처럼 되고 싶었다. 그래서 펀치넬로가 엘리 아저씨를 찾아간 것처럼 나에게 생명을 주신 하나님을 찾아갔다. 그분을 믿는 마음이 커질수록 내게 붙었던 표들이 점점 떨어져 나가는 것이 보였다.

그리고 비로소 있는 그대로의 나를 사랑하게 됐다. 내가 무엇을 열심히 하지 않아도, 다른 이보다 월등한 실력을 갖추지 않아도, 항상 건강하지 않아도, 누구보다 예쁘지 않아도 사랑받을 수 있는 존재라는 것을 깨달았다.

'있는 그대로의 나는 그 자체로 소중하고 특별하다.'

이 놀라운 비밀을 깨닫자 세상도 다르게 보이기 시작했다. 살면서 그동안 타인에게 붙여놨던 별표와 점표가 어느덧 사라졌고, 툭하면 남의 말과 행동으로 인해 상처받았던 내면이 단단해지기 시작했다.

나는 다른 이의 말 한마디로 단정 지어지는 존재가 아님을 깨달은 것이다.

나는 단지 나라는 이유만으로 특별하다.

- 당신이 가지고 있는 점표 혹은 별표가 있다면 무엇인가요?
  예) 예쁜이, 순둥이, 못난이, 천재, 멍청이 등

- 그것은 현재 당신의 삶에 어떤 영향을 주고 있나요?

- 당신은 왜 그것을 떼어버리지 못하고 있나요? 어떤 이득이 있나요?

- 원치 않는 점표와 별표를 다 떼어버리고 난 당신은 누구이며 어떤 모습일까요?
  (사물 혹은 동식물로 표현하고 그때의 기분을 느껴봅시다.)

언젠가 아이와 함께 읽었던 그림책을 다시 펼쳤습니다. 그날
은 긴 글을 읽을 수 없을 만큼 마음이 힘들었기 때문입니다.
바보가 된 것처럼 멍한 상태에서 천천히 마음으로 읽은 한 권
한 권의 그림책이 나를 여기까지 안내했습니다.

그림책은 아주 조용히, 정말 부드럽게, 호통 치지 않고, 윽
박지르지 않으면서 숨 쉬듯 가만가만 나를 위로했습니다. 지
금 이 글을 쓰면서 생각해보니 나에게 그림책은 참 사려 깊은
친구 같습니다.

그림책은 지난 시간 나조차 외면했던 숱한 마음을 하나하
나 끌어내 다시 돌볼 수 있게 도와주었고, 조금씩 자랄 수 있
도록 안내해주었습니다. 나는 그림책의 도움으로 잊고 지내
던 어린 시절과 만났고, 지금 모습 그대로도 온전하다는 것을
알게 되었습니다.

흔히 사람들은 시간이 지나면 다 괜찮아진다고 합니다. 그러나 살아 보니 그 말은 진실이 아니었습니다. 덮어두고 묻어둔 상처와 목구멍으로 삼켜버린 눈물은 끝끝내 몸속에 고여 더 큰 슬픔과 고통을 만든다는 것을 나는 압니다. 그때마다 나를 치유해준 25권의 사려 깊은 그림책 친구들이 독자 여러분에게도 분명 도움이 될 것이라고 믿습니다.

왜냐하면 이미 수백 명의 사람들이 저와 함께 이 책들을 읽으며 변화를 경험했으니까요.

부디 많이 울고 더 많이 웃으세요.
당신 안의 창조적인 아이가 춤출 수 있기를 기도합니다.

김은미

마음이 머무는 페이지를 만났습니다
© 김은미, 2018

초판 1쇄 발행일   2018년 10월 11일
초판 2쇄 발행일   2021년 3월 11일

지은이   김은미
펴낸이   정은영

펴낸곳   꿈지락
출판등록   2001년 11월 28일 제2001-000259호
주소   04047 서울시 마포구 양화로6길 49
전화   편집부 (02)324-2347, 경영지원부 (02)325-6047
팩스   편집부 (02)324-2348, 경영지원부 (02)2648-1311
이메일   munhak@jamobook.com

ISBN 978-89-544-3912-1 (03810)

잘못된 책은 구입처에서 교환해드립니다.
저자와의 협의하에 인지는 붙이지 않습니다.

꿈지락은 "마음을 움직이는(感) 즐거운(樂) 지식을 담는(知)"
㈜자음과모음의 실용에세이 브랜드입니다.

이 도서의 국립중앙도서관 출판시도서목록(CIP)은 서지정보유통지원시스템 홈페이지
(http://seoji.nl.go.kr)와 국가자료공동목록시스템(http://www.nl.go.kr/kolisnet)에서
이용하실 수 있습니다.(CIP제어번호: CIP2018028813)

이 책의 일부는 아모레퍼시픽의 아리따글꼴을 사용하여 디자인 되었습니다.